男は敵、女はもっと敵

山本幸久

集英社文庫

目次

男は敵、女はもっと敵

敵の女

「なに、その格好」

お金を勘定していると、聞き覚えのある声が頭上から聞こえた。見なくてもわかる。麻衣子《まいこ》だ。

「仕事よ、仕事」顔をあげて、高坂藍子《こうさかあいこ》は吐き捨てるように言った。

麻衣子からは昨夜、ケータイに電話があった。明日、仕事場にいってもいいかしらと言う。電話ですむ話ならいますれば？　しかし直接会いたいのだと言ってきかない。

明日は流通センターで映画のキャンペーンしてるわと告げた。そこに三時にいく、場所はネットで調べると麻衣子は言い、一方的に電話を切った。

「で、なんの用？」

藍子の問いに麻衣子は答えず、うっすらと笑っている。侮蔑《ぶべつ》のまじった笑みだ。

ブースの前でチラシを配っている吾妻《あずま》が、手を休めてこちらを見ているのがわかった。藍子と麻衣子ふたりのつながりがわからないのだろう。

「まだ映画の宣伝マンやってんだよね」

「うん。まあ」藍子はふたたびお金の勘定をはじめた。

「ここはでも」と会場を見渡した。ところ狭しと数多くのブースが並んでおり、そのいずれにもプラモデルやモデルガン、フィギュアなどが展示してある。「ミリタリーフェスティバルっていうの、やってるんでしょ」

「この」藍子はテーブルの下に貼《は》ってあるポスターを指さした。「映画の前売り券、ここで即売してんの。なんだったら家族四人分、買ってってよ」

冗談まじりだが半分以上は本気だ。

「やあよ。ひとが死ぬ映画観たくないし、子供にも観せたくないわ」

お金の勘定が終わった。

前売り券はこれまでに七十八枚売れた。よしよし。この調子でいけば、今日中に百枚は売れるだろう。明日は日曜日でよりいっそうのお客が見こめる。二百枚以上売れりゃ大成功、万々歳だ。お札と小銭をていねいに手提げ金庫の中へ入れた。

「そこに立ってるとお客がきたときじゃまだからさ」藍子は折り畳んでたてかけてあったパイプ椅子《いす》を開いて、自分のとなりに置いた。「こっちまわってこれに座ってよ」

「入り口に喫茶室みたいなところ、あったじゃないの。あそこでお茶しよ」

麻衣子の口調はぞんざいだ。小学生の頃《ころ》から変わらない。吾妻はチラシを配らずに、まだこちらの様子を窺《うかが》っている。びびっているのか。彼は昨年の春に社会人になったばかりだ。麻衣子のような女を目の当たりにしたことがないのだろう。あたしみたいな女もだろうが。

「あたし、ここ離れられないんだもん。しようがないじゃない」

「そんな狭いトコ、やあよ」

それはたしかだ。模型屋と古着屋のブースにはさまれた、たたみ一畳分ぐらいしかないこのブースは、麻衣子の家のトイレよりも狭い。

「前売り券買ってくれたひとに限り、あたしと写真が撮れるのよ。特典ってわけ」

そう言って藍子は足を組みかえ、あらためて麻衣子を見あげた。かしゃんかしゃんと音が鳴る。腰にぶらさげたサーベルが椅子にあたったのだ。贋物《にせもの》だがけっこう重い。

「特典?」麻衣子はナチの軍服を身にまとった藍子を見て鼻で笑った。

インターネットで映画の資料を集めていたら、このミリタリーフェスティバルのことを知り、事務局をつとめる模型メーカーに藍子は直談判をした。すると小さなスペースを間借りすることができた。藍子の思惑はあたり、映画の前売り券は、なかなかいい売れ行きだった。

東京と大阪でそれぞれちっちゃな小屋一館のみ、しかもレイトショーで二週間限定公開の戦争映画など、だれも本気で宣伝しようとしない。予算だってない。使い勝手のいいフリーの宣伝マンを雇って（つまりは藍子だ）、入社二年目の吾妻ひとりはりつけるだけ。

でも、藍子はくさったりしなかった。もらえる金だってたかが知れてる。だけど藍子は仕事の手を抜かない。一枚でも多く前売り券を売ろうと必死になる。

鉤十字《かぎじゅうじ》のマークの入った帽子をとり、テーブルに置いた。長いあいだかぶっていたので、額に汗がにじんでいた。ポケットからハンカチをとりだし、化粧が落ちないように、そっとぬぐう。ハナエモリの花柄のハンカチは、自分で買ったものではない。西村のプレゼントのはずはない。だれかの結婚式の引き出物だったか。なんにせよ、ナチの軍服にはあっていない。

「それ」と藍子は麻衣子のジャケットを指さして有名ブランドの名を口にした。

「ビンゴ」指摘されたことがうれしかったらしい。声のトーンが少し高くなった。

「今シーズンの。たいへんだったのよ。この服、ボディにぴったりフィットでしょ。今年のアタマからダイエットしてね。ようやく着れるようになったの。今日はお披露目」

「あたしにお披露目しなくてもいいじゃない」

「護《まもる》さんの会社の方と、フランス人の顧客をかこんで、南青山のレストランで六時から会食があんの。そこでよ」

護は麻衣子の十五歳年上の旦那《だんな》だ。藍子のことをクン付けで呼ぶ嫌なヤツだ。

藍子クンもまだまだ若いんだ、再婚をして、子供だって産める。

こないだ、成城の家へでむいたとき、そう言われた。慰めのつもりだろうが、藍子は腹を立てた。口にはしなかったが、じろりとにらんでやった。

いつかこの男のインタビュー記事を経済誌で読んだことがある。成功した男の自慢話だ、おもしろいはずがなかった。うっかり読んでしまったのだ。その中で、彼はこう語っていた。

女性が社会に貢献できることは、子供を産むことぐらいじゃありませんか。

言う男も男だが、載せる雑誌も雑誌だ。

「でもこまったな」麻衣子は結局、ブースの中に入り、パイプ椅子に腰かけた。

「ぼく、飲み物を買ってきましょうか」

吾妻が近づいてきて言った。このオバサンに気ぃつかう必要ないわと藍子は言いかけたが、すでに麻衣子が千円札を吾妻に渡していた。いつの間に財布をだしたのやら。藍子にはわからなかった。その金で前売り券、買ってくれないかな。

「あたし、冷たい烏龍茶《ウーロンちゃ》がいいわ。あなたは」

麻衣子にあなた呼ばわりされてカチンときたが、いまにはじまったことではない。

「いっしょでいいわ」

吾妻が駆け足で去って行った。麻衣子は彼の背中を見ながら、「あのチャパツの子、気がきくじゃない」と舌なめずりをする勢いだ。

「で」と藍子はふたたび訊《たず》ねた。「なにがこまったの」

「ああ。あのね、あなたが仕事してるところ、デジカメで写真を撮りたかったのよ」

また、あなただ。

「どうして」

「南青山の会食にもってくつもりだったの。あなたの写真、ウチでいろいろ探したんだけどね、意外といいのなかったのよ。でまあ、いまここで撮って、どこかのＤＰＥでプリントしてもらおうって考えてたのよ」

藍子はまだ麻衣子の意図がわからなかった。なんでそんなところにあたしの写真をもっていくんだ？

「その場でみなさんにご覧になっていただこうと思って。フランス人に気に入られて、国際結婚のチャンスもあったのに」

「あー」藍子はいらつきを隠さずに言った。「つまり、あなたがあたしの見合い写真を撮ってくださるつもりだったと。そういうこと？」

「見合い写真とかそういうわけじゃなくて。うん、まあ」麻衣子は藍子の格好をあらためて見た。「でもその格好はねえ。フランス人はとくに駄目だろうな」

怒る気にもなれなかった。護が無責任に再婚をすすめるのはまだいい。でも肉親がこうだとは。

卓《たく》と別れて、まだ半年だというのに。

「そんなことしてもらう必要ないから」

「だれかいいひとでもいるの」

いないわよ、と言いかけたときだ。

「すいませぇん」

三人組の男達がテーブルのむこうにいた。声をかけてきたのは真ん中の男だ。彼らはみんな迷彩服だった。それぞれ所属部隊やあるいは国すらもちがうかもしれないが、藍子には見わけがつかない。きっと彼らも麻衣子の服がアルマーニかルイ・ヴィトンかわからないだろう。その麻衣子といえば、彼らを物珍しそうに見ている。彼女の世界にはいない人種だもんな。

「お話し中、すいません」ふたたび真ん中の男が、藍子にむかって言う。「いっしょに写真、撮ってください」

「あたしとの撮影はこの映画の」と藍子は映画のチラシを男達に渡した。「前売り券を買ってくださった方のみの特典なんです」

「で、でもこの映画、東京と大阪でしかやらないんですよね」藍子から見て右の男が伏し目がちに言った。「ぼくら福井からきたんで、買っても観にいけないし」

「いいじゃない」と麻衣子が口をはさんできた。「減るもんじゃなし。ねえ」

最後の、ねえ、は、三人の男にだ。彼らは思わぬ助け舟にご満悦だった。

「ええ」「あの」「ぜひ」

藍子はまだ手にしていたハンカチをポケットへ入れ、すっくと立った。

「わかりました。特別大サービスさせていただきます」

テーブルの脇《わき》をぬけ、彼らのほうへまわった。身長は百七十弱だが、ブーツのかかとのおかげで、男どもを見おろすことができた。

三人は藍子と目をあわせようとしなかった。だが、胸元や腰からヒップのラインを盗み見ているのがわかる。三十を過ぎて、これほど男からのまとわりつく視線にさらされる日がくるとは思いもしなかった。二十代のうちは楽しかったものの、いまはさらしものの気分だ。

「オバサン」真ん中の男が遠慮なく言った。自分かと藍子は一瞬、ムッとしたがちがった。彼は持っていたデジカメを麻衣子にさしだしていた。

「あたし？」麻衣子の顔が硬直した。藍子は声をあげて笑ってやった。


何度もお辞儀して去っていく迷彩服の三人組を、麻衣子はいつまでもにらみつけていた。そこへ吾妻が紙コップを三つ、プラスチック製のお盆にのせて戻ってきた。

「喫茶室の売り場、混んでて時間かかっちゃいました」

そうだろうかと藍子は意地悪く思う。どこかであたし達の様子を窺っていたんじゃないの。

「いまの三人さ、学生じゃなかったわよね」

吾妻が運んできた紙コップの烏龍茶を受けとると、麻衣子は神妙な顔をしてそう言った。

「さあ、どうかな」

藍子は立ったままでいた。通り過ぎるひとびと、男がほとんどなのだが、みんな藍子を見る。ちらりと一瞥《いちべつ》するだけのものもいれば、立ち止まって、テーブルに貼ってある映画のポスターを見て納得顔をするものもいる。なんの断りもなくケータイで写真を撮る不逞《ふてい》の輩《やから》もいる。

「けっこう年食ってたわ。二十代後半とか、もしかしたら三十過ぎよ。あたしとたいして違わないはずだわ。なのにオバサンって」

もうじゅうぶんオバサンですよ、あなたは。

「きみ」と麻衣子は吾妻にむかって言った。「あたしとこのひとってどっちが年上だと思う?」

吾妻は顔をこわばらせ、答えに窮していた。完全に畏縮《いしゅく》している。

「いつまでもそこにいられちゃ仕事のじゃまになるから、もう帰ってよ」

麻衣子は不満げだったが、紙コップをテーブルに置いた。

「烏龍茶、飲み残しちゃったけど、ここに置いといていい？」

「あとでぼく、片付けます」と吾妻が言う。

「六時に南青山なんでしょ。それまでどうするつもり？」

よけいなことだがきいてみた。

「代官山で靴、買うつもり」麻衣子は当然のように答えた。

うらやましいこと。あたしは一年以上、服も靴も買っていない。

「また今度、おじゃまするわ。そんときはもっとまともな服装でいてちょうだいね」

そして麻衣子は去っていった。後ろ姿、お母さんそっくりだな。とくにお尻《しり》の形。

呆然《ぼうぜん》としている吾妻の脇腹を小突き、「妹」と藍子は言った。

「そうなんですか」彼は心底、びっくりしたらしい。

「三つ下の三十三」

「え」そこで吾妻は言葉を飲んだ。

「あたしより年上だと思ったでしょ」

「あ、はあ」

「ウチの妹さ、背はちっこいくせに、老け顔だからね。昔っから彼女のほうが姉さんだって言われることが多いんだ」

「妹さんが三十三っておっしゃいましたよね。高坂さん、三つ年上だとすると三十六」

しまった。はじめて会ったとき、自分の年を三十と言っていたんだ、あたし。どうせ一カ月ぐらいしかいっしょに仕事しないんだと思い、六歳もサバを読んでしまった。バツが悪かった。吾妻も困惑していた。腹の中では笑っているかもしれない。

あーあ。藍子は帽子をかぶり直した。

「へ、平気ですよ」とりつくろう言葉をさがしているのか、吾妻の目は泳いでいる。「ぼくにとっては三十でも三十六でも関係ないですから」

フォローになってませんよ、吾妻くん。


麻衣子が去って、しばらくしてから、藍子は頭痛に見舞われた。原因はわからない。ここのところ仕事で徹夜が続いたからだろう。もう無理がきかない年なのだ。ひさしぶりにひと様の視線にさらされているからかもしれない。

肩凝りもひどい。腰も痛む。立ったり座ったりを繰り返しているせいか、太股《ふともも》もぱんぱんだ。

半年前だったら。ふと藍子は思う。卓がやさしく揉《も》みほぐしてくれただろうに。だがもう三軒茶屋のマンションに戻ったところで、彼はいない。

こめかみを親指でぐりぐりと押していると、目の前に花束を持った男があらわれた。西村だった。

「どうしてここがわかったの」と言ってから、藍子はすぐにわかった。「ホームページ見たのね」

「そのとおり」西村の笑顔は崩れなかった。彼は昔とかわらなかった。そりゃそうだ、最後に会ったのはほんの半年前なんだから。

この映画の宣伝のためにささやかなホームページを開設している。そこにこの会場での前売り券の発売をする告知を載せてあるのだ。『素敵なオネーサマがあなたが来るのをお待ちしてますわん』とピンク色の文字で書かれた横には、ナチの軍服を着て、投げキッスをしている藍子の写真がある。会社の会議室の片隅で吾妻に撮らせたものだ。

「よく似合ってるね」

皮肉？　いや、そうではない。では本心？　まさか。女性に会ったとき、一言目は褒《ほ》め言葉と、西村は決めているのだ。昔、そう言っていたことを思いだす。

花束は紫陽花《あじさい》だった。ブーケぐらいの大きさだ。

新たな来訪者に吾妻はふたたび当惑していた。紳士服の青山で上下揃《そろ》いで一万九千八百円（税込）で買ったと言ってた自分のモノとは、色つやのちがうスーツをまとった中年男性を、彼はどう思っているだろう。

髪を撫《な》でながら、西村は紫陽花を藍子に渡した。

「どこか落ち着いて、話をできるとこ、ないかな」

「ごめん、あたし、ここ、外せないんだ」

そのあいだにも吾妻が前売り券を一枚、売っていた。すかさずお買い上げいただいたお客さまのとなりに、藍子は立った。

「ありがとうございます、七月二日から二週間限定公開です、お見逃しないように」

買ったのは高校生ぐらいの男の子だった。迷彩服は着ていない。吾妻と同じように、髪を茶色に染めている。長袖《ながそで》のグレーのTシャツにジーンズ、背丈はブーツをはいた藍子と同じぐらいだ。

「こいつ、おれの弟です」吾妻は照れ笑いを浮かべた。弟の前ではぼくではなく、おれなのか。

「へえ。いくつなの」

「高一です」答えたのは吾妻だった。

兄弟であれば、高校生だって前売り券を買ってくれるというのに、あの妹ときたら。

「お兄さんの仕事、見にきたんだ」

ご機嫌をとるように、藍子は言った。

吾妻の弟は藍子を見ていなかった。照れているのかと思ったが、そうではないらしい。つまらなそうな顔をして、兄貴にこう言った。

「なんだニイチャン、けっこうオバサンじゃん、このひと」

吾妻の顔が険しくなった。そして、いいからもうむこういけ、と見らしく命じた。

「すいません、あの、礼儀とかまだ」吾妻がうろたえた。

「いいのよ、彼よりあたし、二十歳上ってことでしょ。子どもだってこともありうる年の差なわけだし」

自分で口にして、藍子は愕然《がくぜん》とした。

高校生の子どもがいたって、あたし、おかしくない年なんだ。

「高坂くん」背後から西村が声をかけてきた。へこんだ気持ちをふるいたたせ、藍子は吾妻に言った。

「十分ぐらい、あたし、いなくなってもいい？」

「え？」吾妻は西村をちらりと見た。「かまわないっすけど」

「じゃ」と持っていた紫陽花を吾妻に渡した。「あたしと写真撮りたいってひとは、待っててもらって。よろしくね」

場内を闊歩《かっぽ》する藍子の姿は目立った。横を歩く西村が「みんながきみのことを見るね」と言った。感心しているとは思えない。

「ま、それが目的ですから」

藍子の頭に前売り券の数字が散らつく。八十五枚。今日中に百枚は難しいだろうか。

会場が閉まるのは五時半だ。藍子はケータイで時間を確認した。四時半を回っている。あと一時間で十五枚。客がまばらになってきているし、どうだろう。

出店のような販売所でコーヒーを買った。西村がすかさず財布をだした。妹もそうだが、どうすればさりげなく、しかも手早く財布をだすことができるのか、きいてみたいものだ。テクニックではなく、金と心に余裕があるからかも。

円形の小さなテーブルをはさみ、西村とむかいあわせに座った。

「元気だった?」西村は言った。口元がほころんでいる。なんと陳腐《ちんぷ》な台詞《せりふ》。

藍子はコーヒーをすすってから、「しおらしく生きてますよ」と答えた。

「しおらしくね」西村は意地の悪い表情になった。「きみにはもっともふさわしくない言葉だ」

ごもっともで。藍子はコーヒーを一口、飲んだ。百五十円の値段にふさわしい味だった。西村はじっとこちらを見ている。藍子がなにか言うのを待っているのだろう。以前であれば、すぐさま他の話題をふったかもしれない。たわいのないどうでもいい話。いまだったら、さっききた妹の話をするのもアリだ。でもそんな気にならない。まるで心が弾まない。

西村は大手広告代理店の部長だ。藍子が卓と結婚する前から、そしてそのあともつきあっていた。西村には結婚して十五年になる妻がいて、中学生の息子がいた。

結局、あたしはこのひととどれぐらいつきあっていたのだろう。

半年前、藍子は西村と別れた。

正確には別れてくれと電話で告げただけだ。

半年前。卓と離婚した翌日にだ。

「あのさ、おれ」西村は身をのりだしてきた。このまま、藍子の手でも握らんばかりの勢いだ。「あいつと別れたんだ」

西村があいつと呼ぶのはひとりしかいない。彼の妻だ。

「へえ」と藍子は答えておいた。なんの感慨もない。

「弁護士たてて、これからいろいろとやらなくちゃいけないが、とりあえずは、晴れて自由の身になったんだ」

「おめでとうございます」

藍子の平静な受け答えに、西村はいらついていた。

「きみは、うれしくないのか」

「あたしが？　どうして」

「ど、どうしてって」

西村は絶句した。今日もこのひとはネクタイをせずワイシャツのボタンをふたつ外している。それが男の色気とでも思っているの、とからかったことがある。それももう昔の話。

煙草《たばこ》を吸いたい。

西村のうしろの席で、うまそうに煙草を吸う背広姿の男を見て、藍子は無性に思った。自分のハイライトはブースに置いてきてしまった。西村はずいぶん前に禁煙したはずだ。

このひとの吸ってたのってなんだっけ。気取って外国のを吸ってたはずだ。一時期、葉巻にも凝っていた。あたしがハイライトしか吸わないって言ったら、女なのに？　と笑い、そういうアンバランスなところが好きだなとつけ加えた。

「話ってそれだけ？　戻っていい？」

去ろうとする藍子を、西村が引き止めた。

「今夜、どう？」

「どうって？」

「恵比寿に新しいイタめし屋ができたんだ」

中年の男が、イタめしなんて言葉をつかうな。みっともない。

「ほら、おれの大阪の出張に、きみもついてきたとき、あっただろ。あんときいったイタめし屋、おぼえてないかな。そこが今度、東京に進出してきてね」

「今日は勘弁」藍子は西村の言葉をさえぎった。

「明日は」

藍子は首を横に振った。

わからないかな。あたしはもうあなたに興味がないんですよ。

「こんな場所で」と彼はあたりを見回して、「言うのはおれの流儀じゃないんだが、しようがない。はっきり言おう。結婚してくれ」

「嫌」藍子は即答した。

「待たせて悪かった」と西村はテーブルにおでこがつくほど、頭をさげた。

こんなみっともないことを、かっこいいオレがやってるんだ、許してくれよ。そんなカンジ。

けっ。面倒なので藍子は嘘《うそ》をつくことにした。

「あたし、もうつきあってるひといるんだ」

西村が顔をあげて言った。「だれだ」

藍子はさらに嘘を重ねた。

「いっしょに働いてる子よ」

吾妻のことを示唆《しさ》した。早くブースに戻って前売り券、売らなくちゃ。あと十五枚。

「あのチャパツの子かい」

藍子は深くうなずいた。

「あんな若いの」西村の唇が歪《ゆが》んだ。「彼じゃきみのこと、乗りこなせないだろう」

乗りこなせないとおっしゃいますか。やっぱ、こいつオッサンだ。

藍子は席を立った。

「あたし、仕事あるんで」

「また連絡するよ」

もう西村の顔を見たくなかった。背中でその言葉をききながら、藍子は大股《おおまた》で歩いていった。


ブースに戻ると吾妻が長身の男と話をしていた。

「高坂さん、お帰りなさい。こちら、月刊ミリタリーの編集長のサカイさん」

「どうも」長身でひげ面の男は、軽く会釈して名刺をだしてきた。藍子もすぐさま、ナチの軍服のポケットから自分の名刺をだす。

「映画のこと、記事にしてくれるんですって」

吾妻の言葉は弾んでいた。仕事をしているよろこびの中に、いま彼はいるのだ。藍子も自然と顔がほころぶ。

「前売り券、何枚かご用意できますよ。読者プレゼントにぜひ」

吾妻がまくしたてた。サカイはうんうんとうなずき続ける。

「映画、ご覧になります?」と藍子は営業用の笑みで訊ねた。「試写は来週に二回ほどあります」

「うん。ああ」サカイの視線は、藍子へうつっていた。「アマゾンで輸入DVD、買って観てるんですよ、この映画。でもやっぱスクリーンで観ておこうかな」

「編集長自らご推薦いただけるんですか」

藍子は月刊ミリタリーがどれだけの部数の雑誌かわからない。だがどんなところでも、プロモがうてるのはありがたい。

「どうでした、この映画」

「脚本はちょっと弱かったね。でも安易に泣かせに走らないのがよかったかな。戦車とか銃器とかけっこうリアルだし」

同じ意見だ。ただし藍子には戦車や銃器のリアルさはわからない。

「うちの読者は食いつきいいんじゃないかな」

藍子はありがとうございますと深々とお辞儀をした。となりにいた吾妻も従った。細かいスケジュールはまたあとでと告げてから、藍子は言った。

「前売り券、お買いいただけませんか」

「え」サカイは戸惑っていた。「ぼく、試写観るし、読者プレゼントはタダでしょ」

「もちろん。それとは別に。奥様と劇場に足を運んでいただければ」

サカイが左手の薬指に指輪をしているのを、藍子は見逃さなかった。

「二枚買えって言うの。まいったなあ」

「あと八枚で百だったのに」

サカイに売りつけたあとも数枚売れた。だがもう無理だろう。ハイライトをくゆらせながら、ケータイで時刻を確認した。五時十五分。お客もだいぶ減ってきた。まわりのブースは片付けをはじめている。首を左右に振ると、ごりごりと骨が音を立てた。ふたたび卓を思いだす。ああ、あのクマのような太い指で揉みほぐしてほしい。だがいまではもう叶《かな》わぬ思いだ。

「ここ禁煙ですよ」

吾妻が注意してきた。

「平気よ。もうすぐ吸い終わるから」

藍子は妹の飲み残した烏龍茶のコップへ、吸いがらをつっこんだ。

「これ、どうします?」

吾妻が紫陽花をかざした。藍子はしばらく考えるフリをしてから、かわいた声で言った。

「捨ててきて」

ほんの一年前のことだ。

藍子は奥さんと別れようとしない西村に焦《じ》れていた。だったらあたしと別れる？　と切りだすと、西村はあいまいな返事しかしなかった。それが許せなかった。

そして藍子はどうしたか。

結婚をしたのだ。

西村に当てつけのように、自分の周辺でもっとも冴《さ》えない男を選んでだ。

それが湯川卓だった。

彼はエディトリアルデザイナーで、仕事を通じて知り合った。おもにミニシアターの映画のパンフレットやチラシ、ポスターの仕事をいくつもこなしていた。迅速で丁寧な仕事っぷりではあるが、あまりおもしろみのない、ワンパターンのデザインだった。

それは彼の性格そのものだった。

外見も冴えない。背が小さくて小太り、頭も少しうすかった。冬でも汗をかき、仕事場にいくと、よく手ぬぐいでごしごしと額をぬぐっていた。腋臭《わきが》もあった。

年は藍子よりも五つ上、西村よりも二つ上だった。

藍子は西村と卓を比べるリストをつくった。身長、体重、年収、学歴、趣味、車、親の職業、その他もろもろ。

卓はパーフェクトだった。すべてにおいて西村よりも劣っていた。

プロポーズは下北沢のつぼ八だった。卓の仕事場の近くだったのだ。仕事中の彼を無理矢理、ひっぱりだして、そこで藍子は言った。

「あたしと結婚して」

「え?」彼はピンクグレープフルーツサワーを呑《の》んでいた。

「ぼ、ぼくと」

「昔からあなたのことが好きでたまらなかったの。お願い、結婚して。明日にでも婚姻届をだしにいきましょ。結婚式はできるだけ早く、盛大に」

「ぼくでいいんですか」

「もちろん。だって愛してるのよ」

やけっぱちになっていた。その日の夜、ラブホテルで彼と寝た。完璧《かんぺき》だった。卓はセックスにおいても西村より劣っていた。


「そろそろうちも店じまいしましょうか」

どこで紫陽花を捨ててきたのだろう。戻ってきた吾妻が言った。彼は持っているチラシの束をテーブルで揃え直していた。

今日の売り上げは百枚に達せず。仕方ない。勝負は明日の日曜日だ。入場者はもっと見こめる。

片付けをしようと立ちあがったときだ。遠くできょろきょろとあたりを見回している男がいた。

今日は千客万来ね。

こちらから声をかける義理はない。しかし彼は藍子に気づき、小走りで近づいてきた。

「いやあ、ほんとにその姿でいるとはねえ」

三人目の来訪者を見て、吾妻があきれ顔になっているのがわかった。

「どうも、梨本《なしもと》さん」

義理の弟でも護くんと呼ぶわけにはいかない。

「ホームページで見たんだ。応援にかけつけたんだよ」

「こんなところにいていいんですか？　六時に南青山でしょう」

藍子は鼻にかけた声で言ってみた。

「なんでそれを」梨本は本当に驚いたようだ。

「二時間ぐらい前に、麻衣子、ここにきてたんですよ」

「え、そうなの？」

目の前でおろおろしている義弟を見て、藍子は麻衣子の意図がわかった。

十二歳年上の義弟は、藍子を誘いだし、ふたりきりになろうとすることがたびたびあった。ずいぶん以前からだ。もちろん、いつも断ってきた。ここしばらくはなかったが、またちょっかいをだそうとしているらしい。

　麻衣子も怪しんだのだろう。あるいは本能的に察したのかもしれない。そして離婚した姉に新しい男を作らせようときたわけだ。ほんとにゴクローサンだ。

「梨本さん、せっかくいらしたんだから、映画の前売り券、お買いいただけません？」

「も、もちろんだとも。そのつもりでね、今日はきたんだ」

すでに彼の手には財布があった。おお、やはり金持ちは財布をだすのが早い。

「十枚ぐらいお買い上げいただけると助かります」

「十枚。いいよ。いくら」

「一万五千円になります」と吾妻。

「お買い上げいただいた方は、あたしと記念撮影ができるんですけど、どうします？」

　藍子はわざとしなをつくって、義弟にすり寄ってみた。

「いやいや。証拠に残るようなものは」と梨本はぼそぼそ言って、吾妻にお金を渡した。

「領収書、いりますか」吾妻が生真面目に言った。

「けっこう。私のポケットマネーで買わせてもらうよ」

　ではがんばってと梨本は言い、そしてこう付け加えた。

「私がここにきたことは、くれぐれも麻衣子には」彼は自分の唇を人さし指でおさえた。

「どうもあいつは最近、妙な勘ぐりをするものでね」

それだけ言い残して、梨本は足早にいなくなった。

「なんですか、あのオッサン」

「さっきのオバサンの旦那」ハイライトをくわえて、藍子は答えた。

「禁煙ですよ。高坂さん」と吾妻は顔をしかめた。


卓にはただひとつ西村より優れていることがあった。マッサージがうまかったのだ。はじめてからだを交わした夜も、裸で寝そべっている藍子の肩をふいにつかみ、そっと揉んでくれた。ことの最中ではださなかった恍惚《こうこつ》の声をあげてしまったほどだ。

だがそれだけでは満足できなかった。西村との関係は新婚旅行のあと、すぐさま再開した。

結婚してから半年ほど経ったある日、藍子は深夜に酔って帰った。居間で卓がソファに腰かけ、本を読んでいた。

「おかえり」本を閉じて、卓は言った。「高坂さん、疲れてない？　肩とか揉んであげようか」

結婚後も卓は藍子を旧姓で呼んだ。笑顔の彼を見て、藍子は虫酸《むしず》が走った。

「あんたさあ。あたしがいままで男といたの、わかっててそういうこと、言うわけ？」

卓の笑顔が崩れた。それを見て藍子は心が弾んだ。さらに厭味《いやみ》な口調で言った。

「結婚式でスピーチしてくれた広告代理店の部長さん。あたし、彼といたのよ」

「仕事ででしょ」卓の声が震えていた。

「はっずれぇ」

そのまま彼の前を通り過ぎて、キッチンにいき、グラスに水を注《つ》いだ。一気に飲み干し、もう一杯注ぐ。それを持って居間に戻った。ソファの卓を見た。怒っていたなら挑発し、泣いていたら莫迦《ばか》にしてやろう。だがそのいずれでもなかった。

笑っていたのだ。気がふれたかと思い、藍子は酔いが醒《さ》めた。

「あのひとかぁ。そうか。素敵なひとだよね。だったら話が早いや。じつはね、ぼくにも、その」卓は恥じらっていた。恥じらう？　四十過ぎの小太りなオッサンが恥じらう？「カノジョがいるんだ」

卓の言葉の意味が上手にのみこめなかった。

「うちのデザイン事務所でバイトしてた子。まだ二十代なんだ」

「もしかしたら」水の入ったグラスを床に落とさないよう、ぐっと握りしめてから、藍子は言った。「結婚前から」

「うん。じつはそうなんだ」

「なんで、あたしと結婚したの」

「三十五歳の女のひとに、結婚してくれって必死の形相で嘆願されたら、よほど切羽詰まってるんだなあって、可哀想になっちゃって、つい」

必死の形相？　嘆願？　切羽詰まってる？　で、なに、可哀想？　あたしが？

「結婚前にきちんと別れたんだよ。カノジョ、いい子でね。そのひとを幸せにしてあげてくださいとまで言ってくれたんだ。でもねえ、十日ぐらい前にね、カノジョからケータイにメールがきてて。やっぱりあなたのことが忘れられない、なぁんて書いてあってさ」

脂下《やにさ》がる卓を見て、藍子は不快な気分になっていった。

「高坂さんにカレシができたということは、ぼくはお役御免になったわけだよね」

できたんじゃない、結婚前からなんだよと言おうとして言えなかった。

「よかったよかった。でもぼくは高坂さんと結婚できてよかったと思う。短い結婚生活も楽しかった。なんかこう、カノジョとの予行練習みたいで」

卓は藍子に歩み寄ると、握手を求めてきた。

「別れてもよき友達でいよう」

藍子は、持っていたグラスの水を卓の顔にぶっかけていた。

その翌日、卓は三軒茶屋のマンションをでていった。藍子はまだそこに住んでいる。そろそろ引っ越さないと。卓と折半して払っていた家賃十八万五千円をひとりで払っていくのは無理だ。といって、引っ越す金もない。実家から借りる他、手だてがない。

なんであたしはあのとき、卓にむかって怒ったんだろう。プライドを傷つけられた？

そうではない。

卓とはすぐに離婚した。藍子はなにもかも莫迦莫迦しくなった。とくに西村への愛情はあっさりと冷めてしまった。こちらの理由ははっきりしている。ひどくつまらない男に、四年近くも振り回されていたのだと気づいたからだ。

それを気づかせてくれたのが卓だったのかもしれない。

だからあたしは怒ったのか。

「どうしたんですか、高坂さん、ぼんやりしちゃって」

吾妻が目の前にいた。いつからだろう。背広姿の彼はリュックサックを背負っていた。

「あ、うん。平気よ」

「これ」と彼は手提げ金庫を持ちあげた。中には前売り券とお金が入っている。「どうします？」

「預かっとくわ。あたし重いモノ持つの平気なんだ」そして藍子はテーブル下のボストンバッグをとりだした。しゃがんだときに、腰の骨が鳴った。情けない。よっこらしょと言わないよう、藍子は注意した。

「腕のいい整骨院、ぼく知ってんで、紹介しますよ。場所は荻窪ですけど」年寄り扱いしているのか。ちがう。吾妻の顔は本当に心配顔だった。「金庫、案外重いですし、ぼく、預かっときます」

ひさしぶりに男に甘えてみるか。藍子は「お願いしようかな」と答えた。

「鍵は高坂さんが持っててください。だったらいいっすよね」

そう言って吾妻は背負っていたリュックサックをおろし、金庫を中につめこんだ。

「吾妻くん、これから予定ある?」藍子はボストンバッグをかかえ、歩きだした。

「めしおごるよ。なにがいい? 中華? 和食? 焼肉?」

「高坂さん」吾妻があわてて藍子を引き止めた。「その格好で表、でるつもりですか」

藍子はナチの軍服のままだった。

「はは。なにやってんだかあたしは。年かな」

「年じゃないですよ。じゅうぶん若いですって。軍服だってよく似合ってるし」

吾妻のフォローはどこまでも的外れだ。

「トイレにいって、さっさと着替えてくるわ」

「明日もがんばりましょうね、高坂さん」

彼の顔は明るかった。年相応の輝きを放っている。

明日もがんばろう。いい言葉だ。藍子はにっこり笑ってうなずいた。

Aクラスの女

憎い女なのに、脳裏に浮かぶときはいつも笑顔だ。

どうしてだろうと考え、そうか、あたしは彼女の他の表情を見たことがないのだと真《ま》紀《き》は思い当たった。

ひさしぶりに会った彼女はやはり笑っていた。


真紀のつとめる会社は世田谷区で環八沿いのマンションの一室にあった。大学の頃の友人や、田舎の親戚にどんな会社かときかれると説明に窮した。疚《やま》しいことはしていない。グッズのデザインおよび制作をしていると言うのが面倒なのだ。そう言ったところでたいがい相手は、「ふうん」と気のない返事しかしない。中には「フィギュアつくってるの？」と訊ねてくるものもいる。もちろんそうではない。

たとえば真紀が入社してはじめて任された仕事は、関西芸人の似顔絵の入ったTシャツのデザインだった。つぎは演歌歌手の新曲キャンペーンで無料配布する手ぬぐいだ。染色の工房に足を運び、デザインから制作まで、レコード会社への納品もした。演歌歌手からは、お礼に青森のりんごが送られてきた。人気アニメのDVDのおまけのミニカレンダーもつくった。これはデザインのみで、発売元の営業のひととはメールのやりとりで仕事はすんでしまった。

こうした仕事は、社長の小田原《おだわら》がまめに営業をしてもらってくる。四十過ぎの彼は、たいがい白のワイシャツにジーンズだ。ならば若々しいかといえば、そんなことはない。白髪もなく、顔のしわも目立たないのに、どうも年寄りくさい。言動がそうなのかと思ったが、最大の理由は常時つけているループタイにあるようだった。

事務所は3LDKで、社長と真紀を含め、七人で働いている。女性四人、男性三人だった。平均年齢は二十七歳ぐらい。社長がひとりでひきあげている。真紀は入社して一年半経つが、毎年新人をとるはずがなく、いちばん年下だった。

真紀が出社をするのは昼前だ。その時間でも事務所にはまだだれもおらず、ひとり簡単な掃除をしてから、自分の席につきパソコンを立ちあげた。

いまやっている仕事は、製菓会社で販売している黒砂糖飴《くろざとうあめ》の販促用のポスターデザインだ。

モニターの横には湯川と真紀の並んだ写真が飾ってある。去年のクリスマスに苗場へいったときの写真だ。じつはふたりともスキーもスノーボードもできない。一度もゲレンデにはでないで、ホテルの中のゲームセンターで遊んだ一泊二日だった。それでもじゅうぶん楽しかった。来年はスキーをきちんと習おうとふたりで誓いあった。

湯川のことを考えると自然と頰《ほお》がゆるむ。二十歳近く年上の彼とは、結婚前提のおつきあいだ。湯川がつまらないオンナにひっかかって、先延ばしになっていたが、来月には籍を入れるつもりだ。すでに吉祥寺で湯川の仕事場も兼ねているマンションで同棲《どうせい》をしている。

はーい、あたしのクマちゃん、と声をださずに写真にむかって手を振ると、モニターのむこうに社長がいた。真紀はあわてて手をひっこめた。

「おはよう」と社長が手を振りかえしてきた。ショルダーバッグをかけているところを見ると、いま、出社してきたのだろう。

社長は自分の席へはむかわず、真紀に近づいてきた。げげげ。なんの用だろ。

「池上くん、ちょっと話しておきたいことがあるんだ」

社長は真紀のとなりに辿《たど》り着くと、そう言った。

「なんでしょうか」

真紀は探るような視線で、社長をそっと見あげた。首にかかったループタイがぶらぶら揺れる。いまどきこんなのどこで売ってるのやら。

「その写真のカレ、湯川卓だよねえ」

「あ、はい」

社長がクマちゃんのフルネームを知っている？　湯川が独立する前の事務所で自分が

アルバイトをしていたことは履歴書に書いたし、面接のときにも話した。でも湯川の名前を出したおぼえはない。

「写真見て、そうじゃないかなあとは思ってたんだ。私、昔ねえ、湯川と同じ職場にいたんだよ」

驚きはしたものの「そうなんですか」としか言いようがなかった。

「なんだよ、反応鈍いねえ」と社長は笑った。

ホントデスカーとか叫んで飛び跳ねろと言うのか。

「祐天寺《ゆうてんじ》にあるデザイン事務所でいっしょだったんだ。二十年も前の話。内緒にしてたわけではないよ。湯川はそこに一年いなかったからねえ。なかなか確信もてなかったのよ。彼、もう四十になるよね」

「今年、四十二です」

「それできみのような若い恋人がいるんだ。うらやましいなあ」

世の中、いろんなドラマでいくらでも年の差のある恋人同士が登場するにもかかわらず、現実だと珍しがられるのはどうしてだろう。クマちゃんをエロオヤジ扱いする不逞の輩も多い。いまの社長もそのクチと見た。

あれ？　このひと、既婚者だっけ、独身だったっけ。

「いつからのつきあいなの」

「三年になります」半年間、ブランクがあるけど。

できればもう社長とは湯川の話をしたくなかった。机からMOをだして、ドライブにつっこんだ。

「え？　そうなの？　だって彼って結婚してたでしょ。去年」

真紀の手がとまった。

なぜそれを。湯川がバツイチなのは、事務所のだれにも話したことはない。

「その結婚はあたしとのときの予行練習だって彼は言ってます」

どうしてこのひとにこんなこと言わなくちゃいけないんだと思いつつ、口にしてしまった。

「はは。予行練習にしちゃあ、ずいぶんいい女、つかったねえ」

「え？」小田原の顔を見あげた。彼はにやにや笑っていた。

「高坂藍子、でしょ。私、彼女とは祐天寺からのつきあいなの。最近ごぶさただったけど、どういう風の吹きまわしか、先週、電話があってね。今日の三時に、仕事の打ち合わせでここにくるんだよ」

「ここってこの事務所にですか」

「うん、そう。映画の宣材の仕事でね。お金にもならないし、デザインも凝ったことができないんだけどねえ」

黒砂糖飴のポスターを黙々とデザインしていると、むかいの席の辻《つじ》が「真紀ちゃん、今日もお弁当？」と訊ねてきた。

「ええ、そうです」

「あたしもなんだ。天気いいし、公園ででも食べない？」

モニターの時計を見ると、二時半だった。

ちょうどいい。これだったらあの女に会わずにすむ。

じつは社長から話をきいてから、どうやって事務所を抜けだそうか、考えをめぐらせていたのだ。

「オッケーです。ちょっと待ってください」

真紀はそれまでの作業のデータをMOにコピーしてから、一澤帆布《いちざわはんぷ》のバッグをかかえて、立ちあがった。


そのひとの名前は高坂藍子といった。

名前で呼ぶのは癪《しやく》なので、以下、Aとしよう。

Aとはじめて会った日のことを、真紀は鮮明におぼえている。四年前のちょうどいま頃だ。真紀はまだムサビの学生で、湯川が所属していた下北沢のデザイン事務所で、バイトをしていた。ただしまだ湯川とはつきあっていなかった。

その日、湯川に頼まれ、銀座の映画会社へ映画のスチールのカラーポジをとりにいった。そこには以前、事務所のひとに試写室へ連れていかれたので、迷わず辿り着けた。古めかしい建物で、中一階とでもいえばいいのか、入り口から階段を数段あがったところにエレベーターはあった。ひとつしかないそのエレベーターは狭くて遅かった。試写にきたときは、ひとが乗りきらず、みんな文句を言っていた。年配のひとが、このビルは五十年昔からこうだと不満を洩《も》らしていた。

それだけの年月そのままだったものが、ある日突然、改善されたりはしなかった。

『上』のボタンを力強く押して、真紀はエレベーターが降りてくるのを待った。

一澤帆布のバッグから太宰《だざい》の文庫本をだし、読みだした。三ページほど読みすすめるとガタンと音がして、扉が開いた。ネクタイ姿の男達が談笑しながら降りてくる脇を抜け、エレベーターに乗りこんだ。八階のボタンを押してもしばらく扉は閉じなかった。だれもこないのを確認してから、真紀は『閉』のボタンを力強く押した。

ががが と不快な金属音とともに扉が閉じていくのを横目で見つつ、ふたたび太宰を読もうとした瞬間だ。

ぬっと白い腕が扉の隙間《すきま》からあらわれた。

もちろんだれかがつっこんできたんだとはわかる。それでも真紀は「きゃあっ」と悲鳴をあげてしまった。

「ぎゃあっ」同時に外でも同じような声がした。

扉は容赦なくその白い腕を食べるかのように何度もはさんでいた。真紀はすぐさま『開』のボタンを押した。ええ、開くんですかぁとばかりにゆっくりと扉は開いた。

「痛かったぁ」と言いつつ、女性が入ってきた。大柄な女性だった。細みのジーンズで強調されている足は長く、女性の腰は、真紀のお腹あたりまである。

「大丈夫ですか?」

百五十二センチしかない真紀は自然と彼女を見あげて、訊ねた。

「お騒がせしました」女性は笑顔で言った。こういうのを莞爾《かんじ》と微笑むっていうんだな。

「ここのエレベーターって一度逃すと、こないんですよ」

真紀は太宰の本を閉じるのを忘れ、じっくりと彼女を見てしまった。

少し黄みがかったジャケットに、カジュアルな水玉模様のキャミソール、鎖骨のあたりで控えめに輝くネックレス。でかい黒のデイパックはとても重たそうだ。長い髪は無造作にうしろでまとめただけ、化粧はうすい。全体の印象はアンバランスだ。それでも彼女はとても魅力的だった。やや厚めの唇を少しだけ開き、息を整えているのが、なんとも艶《つや》っぽい。

負けだ。

女としての負けを、真紀は素直に認めた。でもこういうひとはあたしのいる世界にはこれからさきずっとあらわれないだろう。ここで出会ったのは偶然にすぎない。ふたりの世界がたまたま重なっただけ。

そのときはそう思っていた。まさかその女が。


事務所のあるマンションの出入り口には受付があり、モデルのような女性が座っている。

日によってか時間によってか、何人かで交代しているらしいのだが、おんなし制服で、おんなしような化粧をしていたので、区別がつかなかった。

真紀と辻がでかけるとき、その受付嬢に文句を言っているオジサンがいた。どうしたことか彼の顔はびしょぬれだった。

「なんかあったのかな」辻が囁《ささや》くように言った。

不思議に思ったが、「係わりあいにならないほうがいいですよ」と真紀は答えて、足早にその場を過ぎた。

環八を渡って、しばらく歩くと大きな公園がある。平日だが、まばらにひとがいた。犬の散歩禁止とあるのに、犬を連れて歩くひとが目立つ。ほかには赤ちゃん連れのお母さんや、お年寄りが多かった。

辻はリュックサックからビニールシートをとりだし、芝生に敷いた。

「今年、事務所のみんなで花見したでしょ。そんとき使ったヤツ」

そうなんだと真紀はうなずき、敷くのを手伝った。

真紀は長袖のTシャツの袖をまくりあげた。十月にしては陽射しが強く、暑かったのだ。

まずはお互いお弁当の見せあいっこをした。

今朝、寝坊をした真紀は、少し手を抜いた。それでもサワラの照焼きにきんぴらごぼう、ご飯は五穀米だ。

辻は豪快だ。アルミ製のお弁当箱をひらくと、白いご飯のみだ。日の丸ですらない。おかずがべつの箱にあるのかと思ったがそうではなかった。

「この下にカレーが敷いてあるのよ」

こともなげに辻は言った。そしてスプーンをとりだして、ざくりとご飯に突き刺して、かきまぜはじめた。お弁当箱の中身がだんだんと黄色くなっていった。

「真紀ちゃん、カレシとはうまいことやってるぅ?」

カレーで黄色くなったご飯をほおばりながら辻は言った。来月、結婚することは事務所のだれにも話していない。理由はない。面倒なだけだ。

「ええ、まあ」

「辻さんだって、カレシいるじゃないですかぁ」

「こないだ別れちゃった」辻はあっけらかんと言い放った。「事務所のひとには内緒ね。ひとりになったことで言い寄られたりしたら面倒だし」

「いいなあ」

そんな心配する必要あるのかな。

辻は真紀よりも一年だけ先輩だ。あたし最近太っちゃってとしょっちゅう口にするのだが、真紀よりも背が数センチ高く、体重は数キロ少なそうだった。ちょっと美人だし、気立てがいいのは認める。でも、と真紀は思う。あたしとレベルはいっしょのCクラスの中間ぐらい。合コンに誘われれば、場所はつぼ八か和民、あと北の家族。

そこまで考えてAを思いだしてしまった。

Aはやはりクラス。

真紀は人生でAよりきれいなひとを見たことがない。

「小田原社長とかけっこう狙《ねら》ってくると思うのね、あたしのこと」辻の言葉に真紀はきんぴらごぼうを吹きだしそうになった。「社長、最近、よくあたし達若い連中の呑み会に参加したがるじゃん。あれ、どうしてだと思う?」

さあと真紀は眉をひそめた。

「やだなあ、真紀ちゃんのせいだよ」

「あたしの?」

「真紀ちゃんが二十年上のひととつきあってるからさ、自分にもそのチャンスがあると思いだしたにちがいないって」

ああ、なるほど。クマちゃんは二十も年上ではないが訂正するつもりはない。

「社長ってさ、自分がオヤジだって自覚がないところがかっこ悪いんだよねえ。まだあたしらと同世代だと思ってるよ、きっと。カラオケいくとさ、サザンの新曲、歌詞見ないで唄《うた》えるんだよね。これがまた妙にうまいんだ。それがすでにオヤジの証拠だっつうの」

真紀のクマちゃんはサザンを唄わない。彼のレパートリーはばちかぶりだ。つきあうまでそんなバンド、きいたことなかった。だいたいこのグループの曲などカラオケボックスには滅多になかった。ふたりでカラオケにいくにしても、たいがい真紀が唄い続け、湯川がタンバリンを叩《たた》き続けた。どちらもそれで満足しているからいいのだ。

そのとき真紀のケータイが震えた。スカートのポケットからだして確認すると、湯川からのメールだった。

『弁当、うまかった』

空になったお弁当箱の写真も添付されていた。真紀とおそろいのけやきの弁当箱だ。

自宅兼事務所で仕事する湯川に、真紀はいつもお弁当をつくっておく。

「噂《うわさ》をしたらなんとやら？」

辻が冷やかすように訊ねてきた。

「うん、まあ」真紀はそそくさとケータイをしまった。

「いいなあ。なかよくって」辻の口調は本当にうらやましそうだった。「あたし、また太っちゃったんだ。男いないあいだ、ダイエットして、つぎの恋に備えるかなあ」

つぎの恋に備える。その言葉が真紀にはとても新鮮だった。

もうあたしはこの恋に結婚という決着をつけるだけだ。遠回りしたがやむを得ない。なにもかもAのせいだ。

残りわずかになった五穀米をすみに寄せつつ、真紀はふたたび昔のことを思いだしていた。


「あなたも八階なのね」

エレベーターの中でAは言った。彼女に見とれていた真紀は「は、はい」と答えた。

「だれに用？」

「高坂さんっていう女性に」

「それあたし」エレベーターは途中とまることなく、八階に着いた。「じゃ、あなたシモキタパンプスのひとね」

そう言って降りていくAのあとを真紀は追いかけた。

「あなたみたいな可愛い女の子、あの事務所にいたっけ？」

きれいなお姉さんに可愛いと言われて、真紀は恥ずかしかった。

「二カ月ぐらい前からバイトとして働かせていただいてます」

フロアは広いが、閑散としていた。ひとがいないからではない。初老のオジサン達が、それぞれの机で新聞や雑誌を読んでいた。その隙間をAはすり抜けるように歩いていった。彼女のお尻のラインを盗み見ているオジサンもいた。

窓際のデスクに辿り着くと、Aは荷物を椅子に置いて、立ったままノートパソコンを開いた。

「ちょっと待っててね。まずメールを確認させて。あと電話一本」

年は三十ぐらいだろうか。Aの横顔を見つつ、真紀は思った。目尻や首のしわに目がいってしまう。このひとの欠点をさがそうとしてるんだ、あたしは。Aは右手でパソコンのキーをいじりながら、左手でジャケットのポケットからケータイをとりだしていた。器用なひとだなあ。

「もしもし。ヒガシネマの高坂ですが。ああ、スギヤマちゃん。うん。あたし。まだキャプションのデータきてないけど、どういうこと？　頼むわよ」

ケータイを切ってから、Aは舌打ちをした。「ほんと若い男はつかえねえ」

かっこいい。あたしもこんな台詞を吐いてみたいものだ。

「ごめんね。スチールのカラーポジだったわよね」

Aは机のひきだしをあけて、中をごそごそと漁《あさ》りだした。

「ここに入れたんだけどなあ。あったあった」

白い大きめな封筒を机の上にだして、「これ、一式渡すわ。お互い、あいさつがまだだったわね。いま、名刺だすね」

ケータイの入ってたのと反対側のポケットをさぐって、Aは名刺入れをだした。

「あたし、名刺ないんです」と真紀は恐縮してしまった。

「そうか。バイトだもんね。学生さん？」

「はい、ムサビです」

「じゃ、湯川さんの後輩ね」

「湯川さんってムサビなんですか」

「あら、知らないの」

「そういう話、しないものですから」

Aの渡してくれた名刺は二枚だった。

「ここの会社の名前で名刺つくってあるんだけど、社員じゃないの。フリーの宣伝マンなのよ。で、もう一枚があたし個人の名刺」

個人の名刺の住所は世田谷区三宿《みしゅく》だった。つづいてAは名前をきいてきた。フルネームを言わされ、漢字も教えた。女優さんみたいな名前ねとほめてくれた。それから太宰好きなのともきかれた。最近、読みはじめたんですと真紀は顔を赤らめてしまった。

「じゃ、カラーポジ、たしかに渡したからよろしくね」

そしてAは微笑んだ。莞爾だ、莞爾。

「ちょっと駅まで足伸ばすつもりなの。真紀ちゃんはどうする?」

ケータイで時刻をたしかめた。三時半になっていた。いま頃、Aは事務所で社長と打ち合わせをしているのだろう。いま戻るとかちあっちゃうかな。でも今日中に黒砂糖飴のポスター、すませたいし。

「戻ります、あたし」

「社長になんか言われたら適当にごまかしといてね」と辻は事務所と反対方向に歩きだした。

彼女を見送ると、ポケットの中でケータイが震えた。着信相手は事務所だった。まずいまずい。真紀はすぐさまでた。

「もしもし」

「あー、食事すんだ?」

社長の声だった。

「すいません、いま、すみました」

「辻くんといる？　彼女のケータイ、つながんないのよ」

辻はでかけるときは、呼びだされるのが嫌だとケータイの電源を切ってしまう。振り返ってみたが、彼女の姿はもうなかった。

「資料を買いにいくって、駅の商店街へいきました」

辻に言われたとおり、適当にごまかしてみた。

「だとするとあと一時間はもどってこないなあ。ま、きみでいいや。すぐ事務所、戻ってきてくんないかな」


事務所のあるマンションに辿り着くと、定期入れからカードキーをだして、自動ドアを開いた。

「おかえりなさいませ」と受付嬢が出迎えてくれた。真紀はうつむいてその前を過ぎた。すると背後で「痛《い》たた」と悲鳴に近い声がした。振り返ると、閉まりかけたドアの隙間から、黒のブーツがでていた。

ドアはもう一度開いた。はさまれた脚をさすって、もう片方の脚でけんけんしながら入ってくる女がいた。

Aだった。

「大丈夫ですか」と声をかけたのは受付嬢だった。

「平気平気」顔をゆがめたまま、Aは答えた。受付の前で仁王立ちをして、「ほらね」と胸を張っていた。

まずい。このままでは同じエレベーターに乗りあわせる羽目になる。使用階を知らすパネルを見ると、二台あるエレベーターはいずれも最上階の「18」の数字を表示していた。

こんなときに限って！

一台が降りてきた。17、16、15、14。

おそいおそいおそい。

Aと受付嬢が話をしているのが聞こえてくる。

「訪問先の部屋の番号、忘れちゃってね。で、うまい具合にドアが開いてたから、というよりも、閉まりかけてたから、脚、つっこんじゃったのよ」

「どちらにご用ですか」
13、12、11、10。
早くこい早くこい早くこい。

真紀は念じた。

Aが事務所の名前を言っている。受付嬢は、確認いたしますのでお待ちくださいと告げた。

「なに？　あたしがストーカーにでも見える？」

「あくまでも確認ですので」
9、8、7、6、5。
そんなことをしても効果がないと知りつつも、真紀は『上』のボタンを何度も押してしまった。

ちらりと受付を見た。Aはふくれっ面でつっ立っている。受付嬢が受話器を耳にあてていた。

「受付でございます。高坂様というお方がお見えですが、お通ししてよろしいでしょうか」

「よろしいに決まってるでしょ」とA。

一台は10階でとまったままだ。荷物でも搬入しているのかもしれない。もう一台は順調に降りてきている。
4、3、2、1。
着いた。よし！

Aの様子を窺いつつ、エレベーターに乗りこもうとした。すると顔に冷たいものがかかった。

「きゃっ」

女子高生のような声をあげてしまった。なにが起こったのかはじめわからなかった。目を開くと、エレベーターの中に、半袖半ズボンの男の子がいた。その手には奇妙な形の大きな銃が握られている。子供と縁のない真紀には、彼がいくつぐらいか憶測すらできなかった。

「死ね、スカイスイカ閣下！」

あたしはスカイスイカ閣下じゃない。

ふたたび銃の先から水が発射されるのがわかった。よけるにしてもどうしていいかわからない。二、三歩退いたものの、少年の腕はたしかで、水は真紀の胸のあいだを直撃した。

「こら、きみ！」聞こえた叫び声は受付嬢のものだ。

気づくとエレベーターの扉は閉まっていた。

なんてこった。ハンカチはどこにあったっけ。ポケットをさぐっていると、目の前にハンカチがさしだされた。

花柄の、たぶんハナエモリ。

「災難ね」

Aだった。慈しみの笑みを浮かべていた。

借りようかどうしようか悩んだが、どこのポケットにもハンカチがなかったので、ハナエモリを手にとった。リネンの長袖Tシャツはびしょぬれで、青の下着が透けて見えている。まるで安手のグラビアアイドルだ。

「すいません、さっきも注意をしたんですが」

受付嬢がカウンターからでて、駆け寄ってきた。

あなたに謝られてもと思いつつ、ハナエモリで顔を拭《ふ》いていると、ぱしゃりと音がした。受付嬢がケータイで写真を撮っていたのだ。

「な、なにすんですか」

「証拠写真です。あのコの親にこれを見せて」受付嬢は真顔で言った。

この格好を写真に撮るなっつうの。冗談ではない。あたしだって花も恥じらう乙女だぞ。

そこに背広姿の男達が数名、ぞろぞろと入ってきた。

するとAが真紀の前に立ち、ジャケットを脱いだ。そして真紀の肩にかけてくれた。

「前のボタンを留めなさい」

真紀は言われたとおりにした。袖が長いので、まくりあげた。

もう一台のエレベーターの扉が開いた。

エレベーターの中で、背広の男達は、Aを盗み見ていた。真紀にジャケットを貸したAはノースリーブで、肩をむきだしにしていた。そりゃ見るよなぁ。

Aは四年前のことを気づいたろうか。その横顔を見あげてもわからなかった。


結婚を申しこまれた。

下北沢の焼肉屋で湯川にそう言われたとき、このひとも冗談を言うのだと思っただけだった。

「笑えないよ、その冗談」

七輪で焼く肉がもうもうと煙をたてていた。そのむこうにある湯川の表情はいつもどおりのこまり顔だ。もともと眉が八の字に垂れているのだ。

「いやあ、それが本当なんだよぉ」と言いつつ、彼はカルピスハイを呑んだ。真紀はほうじ茶だ。

「だれからよ」

焼けた肉を湯川の皿に置いた。ありがとうと答えてから、Aのフルネームを言った。

「そんなわけないじゃん」

「ほんとなんだって」湯川の眉が、さらにさがっていった。

「からかわれたのよぉ」

「はじめはそう思ってた。でもそうじゃなかったんだ。彼女、三十五なんだけどね。必死の形相で結婚してくれって嘆願するわけさ。よほど切羽詰まってるんだなあって可哀想になっちゃって」

必死の形相？　嘆願？　切羽詰まってる？　で、なに、可哀想？　あのひとが？

「もちろん、断ったんでしょう」

湯川からの即答はなかった。

「ねえ」と念を押そうとすると、湯川は低い声で言った。

「じつはプロポーズされた晩に彼女としたんだ」

言葉を失った。七輪の金網の上で肉が焦げていくのを見ていることしかできなかった。

「真紀はまだ二十二だろ。これからさき、おれよりずっと素敵なひとが見つかると思うんだ」

「それってつまり」

どうにかして言葉をしぼりだした。もうダメだ。思考が停止した。頭の中は真っ白になっていた。

社長は自分の机の前で腰に手をあてて立っていた。待ち構えていたってカンジ。今朝会ったときと雰囲気がちがうのは、真っ赤なTシャツを着ているからだ。以前、真紀がつくった関西芸人のグッズだ。その上にループタイをしているのが滑稽《こっけい》だった。

「お待ちしてましたよ、高坂さん。どうぞ、あちらの大きなテーブルへ」

「小田原さん、彼女いま」とAは真紀を指さした。「子供に水かけられちゃったのよ」

「あちゃあ。きみもやられたの？」

「あ、はい」

社長は自分の机を漁って、やがて新品のTシャツをだした。

「こないだつくったあまりモノ。新人バンドのプロモ用でさ、そんなにヘンじゃないから」

ヘンだった。

小さな魚の群れを、片目の鮫《さめ》が大きな口をひらいて食べようとしているイラストが描いてあった。その下には『SAMEHADAS』と凝ったデザインのロゴで書かれていた。しばらく英語で読もうとしてローマ字読みするのかと気づいた。

トイレで着替えてでると、「池上くん、こっち」と社長に呼ばれた。

作業テーブルの前に、Aは座っていた。禁煙のはずの事務所で、Aは優雅に煙草をふかしていた。ゆっくりとたちのぼる煙を、真紀は目で追ってしまった。

「今回は彼女が担当するんでよろしく。まだ入って一年半なんですけど、学生時代には、よそのですけど、デザイン事務所で働いていたことがあって、腕はたしかです。池上くん、名刺、持ってらっしゃい」

「シモキタパンプスでしょ」

携帯用の灰皿に煙草の灰を落として、Aは言った。

「あれ？　そしたら池上くんのこと、知ってたりして？」

社長はおおげさな声をあげた。そんな芝居うたなくても。

「池上真紀さん。もしかしたらもう湯川真紀になっているのかしら」

「いえ」真紀は即答し、「でも来月には」とまで言ってしまった。

「そうなの」と驚いたのは社長だった。

「へえ」Aは動じなかった。真紀はおもしろくなかった。

「ぼくはたてこんでるので失礼するね。池上くん、あとはよろしく」

そう言い残すと社長は自分の席に戻った。

「これ、どうもありがとうございました」

真紀はAに借りたジャケットをさしだした。Aは煙草を口の端でくわえて、受けとった。そんな仕草がさまになる女なのだ、このひとは。逆立ちして縦笛吹いてもさまになるかも。

「小田原さんさぁ、池上さん連れて、外で打ち合わせしてきていいかな」

「あ。そう」声の調子が残念そうに聞こえるのは気のせいか。真紀が振り返ると、社長は顔をそらした。

ばちかぶりのCDをネットで購入したのは、湯川がAと結婚した直後だった。そのときになって、プロジェクトXのひとがボーカルであることに、真紀は気づいた。合コンパーティーに参加したり、男を友人に紹介してもらったり、出会い系サイトを試したりしてみた。湯川と別れた寂しさを紛らすためと、いまだから冷静に分析できるが、当時はヤケになっていた。

湯川が去って数カ月経った。下北沢のつぼ八でプライドばかり高い莫迦な男達と合コンをしたあと、アパートに戻ってから、思いあまって湯川のケータイにメールを送ってしまった。

『やっぱりあなたのことが忘れられない』

酔っているとはいえ、軽率だった。送ってから後悔して、ベッドの上で悶絶《もんぜつ》したが遅かった。やっちまったものはしようがない。灯りをつけたまま、布団をかぶって眠った。

やがて夢にしてははっきりとしたドアのノックの音が聞こえてきた。目をさまして、ケータイで時刻を確認した。二時だった。だれだろうと思い、足音をたてずにドアに近づき、のぞき穴をのぞいた。

湯川だった。

しばらく悩んだが、彼があきらめて帰ろうとしたので、あわててドアを開いた。

「なんで？」真紀は言った。

「メールもらったら、いてもたってもいられなくなって」

「でも」Aはどうしたの、とききたかった。

「あのさ、こんなこと言えた義理じゃないかもしれないけど」湯川は叱られたあとの子供のような表情で言った。「ぼくもきみのことが忘れられないんだ」


「どっちだっけ？」

事務所からでて、エレベーターの前に立つと、Aがきいてきた。

「なにがです？」

「あなたを水浸しにしたガキが乗ってたのはどっち？」

「たぶん右です」

Aは『下』のボタンを押すと、「あなた、そっちに立ってて。あたし、こっちにいるから」と指図をしてきた。扉をはさんで、真紀とAは両脇に立った。まるで犯人の隠れ家に乗りこむ刑事だ。

なんでこんなことしなくちゃいけないんだ？

真紀の頭に疑問がもたげてきた。訊ねようとして、Aを見たが彼女は「しっ」と自分の唇を人さし指でおさえた。その瞬間、チンと音とともに扉が開いた。

「あれ?」さっきの男の子の声にちがいない。

するとAが敏捷《びんしょう》な動きで、エレベーターへ突進していった。なにをするつもりなんだと中をのぞいて驚いた。

Aが男の子を肩に担ぎあげていたのである。そしてそのまま、エレベーターから降りてきた。

「よせよ、やめろよぉ」

男の子が足をばたつかせるのも気にせずに、Aは彼のパンツとズボンをずりおろし、お尻を丸だしにして、平手でぴしゃりと叩いた。真紀はあっけにとられて、その光景を見守るばかりだった。

「もうしません。ゆぅるぅしぃてくださいぃ」

子供が泣きながらそう訴えた。

「ほんとに?」Aはもう一度叩こうとしていた手をとめた。

「ほんとだよぉ。ほんとにほんとだってばぁ」

「だれかおうちにいる?」とAは男の子のお尻をしまってから、下に降ろした。

えぐえぐと嗚咽《おえつ》をもらしながら、彼は「パパもママも会社」と答えた。

「まずこのお姉さんに謝りなさい」

男の子は真紀に、ぺこりとお辞儀をした。「ごめんなさい」

「よし。つぎは受付のお姉さんのところへいこう。エレベーターに乗りなさい」

水鉄砲の被害者の名前を受付嬢はすべて控えていた。真紀や社長を含めて七人で、みんなマンションの住民だった。受付嬢に水鉄砲を渡すと、Aは彼を引き連れて、ひとりずつ謝罪にでむいた。中にはAを母親と勘違いして、文句を言うひともあった。留守の家には事情を書いたメモをドアにはさんでおいた。

真紀はこの行脚《あんぎゃ》について歩いた。最後は事務所に戻った。事の成りゆきが飲みこめずにいた小田原だが、「反省してればいいよ」とおとならしい鷹揚《おうよう》なところをみせた。

Aは男の子にむかってこう言った。

「今日のことはお父さんとお母さんに報告するんだよ。もちろんきみの口からね。もしそうしなければ、あの水鉄砲はきみの手許に返ってこない。いいね」

男の子は「うん」と答えた。

「うんじゃなくて、はい」とAは注意した。

「はい」

「もっと大きな声で」

「はい！」

「元気があってよろしい」そしてAは男の子の頭を撫でてあげた。「部屋まで送ってあげるよ」

結局、Aとは事務所で打ち合わせをした。煙草を口にくわえたAにむかって、真紀はここは禁煙ですとはっきりと言った。

仕事の内容は、この秋、渋谷と梅田の二館だけで公開する映画のグッズでなぜか判子《はんこ》だった。映画の中で判子が重要な役割を果たすのだとAは言った。もしよければと大きなバッグの中から、映画のビデオをだして真紀に渡した。四年前と同じバッグかどうかはわからなかった。

「参考に観てちょうだい。見積もりは明後日?」

「はい。メールかファクシミリでお送りします」

よろしくね、と立とうとするAにむかって、真紀は言った。

「この仕事のやりとりはメールだけでかまいませんか?」

Aは怪訝《けげん》な顔をした。やがて真紀の言葉の意味を理解したらしい。

「あたしの顔はもう見たくないってわけね」

真紀の視界からは社長の様子はわからなかった。でもきっとこちらを見ていることだろう。いよいよはじまったとでも思って。

Aはふたたび腰をおろした。煙草をくわえそうになったが、禁煙だったわねと、しまった。

「あたしね、あなたに会いたくてこの仕事、ここに依頼しにきたの」

真紀はなにも言わなかった。

「会って謝ろうと思ってたの」

「謝られても、あたし、あなたのこと許しません。一生許さないと思います」

湯川はあたしのところに戻ってきた。だけどこのひとと結婚した事実は消えない。湯川の肩ごしに、背後霊のごとく、Aの笑みが浮かんでくることがある。どれだけそばにいても、どれだけ幸せな生活を築きあげても、あたしはAの笑顔に苦しめられて生きなければならない。

「そうだよね。虫がいいよね」

真紀はうなだれ、Aの顔を見なかった。いまこのときもAは莞爾と微笑んでいるだろうか。Aの声が聞こえる。

「この仕事の連絡は、チーム組んでいるひとにしてもらう。あたしはもうあなたの前に一生、あらわれない。誓うわ」

Aが去ってから、真紀は自分の席についた。むかいの辻と目があった。興味深げな彼女は、なにかききたそうだったが、無視をきめこんだ。

そのとき真紀のケータイが震えた。湯川からのメールだった。

『晩飯つくるけど、なにがいい？』

しばらく考えて、真紀は『カレー』とうってメールを返した。そしてパソコンにむかい、仕事をはじめた。

本気の女

良太《りようた》は席につくと、ウェイトレスにホットミルクを注文した。背の低いのを気にして、近頃牛乳ばかり飲んでいる。そのうち米粒を縦に食べるかもしれない。

「こないだのテストの結果」と言って、良太は塾指定の鞄《かばん》からプリントをとりだし八重《やえ》に渡した。テストの成績表で、さまざまな数値が表示されているが、八重には、見方がいまいちよくわからない。全国で三千人このテストを受けて、大湊《おおみなと》良太が三二八位であることだけ理解できた。

ひとり息子の良太は二つ先の駅にある進学塾に通っている。月、木、日の週に三回だ。月曜日は、駅の中にある喫茶店で息子の戻りを待つ。とくにふたりで決めたわけではない。自然とそうなったのだ。

「まあまあね」プリントを眺めながら、八重は深くうなずいた。

「まあまあって」良太は顔をしかめた。そこにホットミルクが運ばれてきた。「前回よりも五三四位あがってるんだぜ。もうちょっとほめてよ」

「おめでとう」

息子は舌打ちをして、ホットミルクを飲んだ。両手でマグカップを持ち口まで運ぶしぐさは、中学生にしてはひどく幼く見える。

「お祝いにおいしいものでも食べいこうか」

ご機嫌をとるように八重は言った。

「なにさ、おいしいものって」

「あなたの好きなものでいいわ」

テーブルにカップを置くと、良太は腕組みをして、うーんとうなった。鼻の下にミルクのあとが残っている。白いひげが生えているみたいでおかしかった。

良太は焼き鳥がいいと言うので、駅をでてすぐ目の前にある店へ連れていった。二階建ての民家を改造した風情《ふぜい》のある構えだ。親子ふたりはカウンター席に座った。額に汗をかきながら、注文の品をせわしく焼いていく店の主人を目の当たりにして、八重は少しばかり感動した。こういうのを働くというのだ。

「ひとつききたいことがあんだけども」ひどくかしこまっている。いったいなんだろう。

「父さんは再婚したの?」

「どうかしら」できるだけさりげなく八重は言った。「なんで?」

「なんでって、あの、ちょっと気になったんで」

「もう他人になったひとのことなんて、どうでもいいでしょ」

「うん、ああ。他人だものね」

その声をきいて八重は、はっとした。

「なに、どうしたの？　喫茶店になにか忘れた？」

「ううん、べつに。さ、注文しましょ」

良太は声変わりがはじまっていた。そしてその声は西村によく似ていたのだ。


元亭主とは大学時代、広告研究部の同期だった。サークルの中心的な存在である彼は、成績優秀でスポーツ万能、自信過剰でナルシスト。ひるがえってその頃の八重といえば、髪はぼさぼさで化粧も満足にせずにいた。ソフトボール愛好会を兼部しており、友達に誘われ仕方なく入った広告研究部にはほとんど顔をださなかった。

大学二年の秋、学校のグラウンドで他校との試合をしていたときのことだ。ツーアウト満塁で八重がバッターボックスに立つと、「カットバセー、オーミナト」と声が聞こえた。それが西村だった。彼はひとりで、八重のチームのベンチ裏にいた。ふざけているのかと思ったがそうではなかった。真顔で応援してくれていた。

おかげで、というわけでもないが、ワンストライクツーボールのあと、八重は一、二塁間にヒットを飛ばしチームに点をもたらすことができた。その後、試合が終わるまで、西村は観戦していた。

「サークル棟にいこうと思って、グラウンドの脇を歩いてたら、うちのサークルの子がバッターボックスでかまえてるからさ。思わず応援しちゃったんだ」
試合後、西村はそう話しかけてきた。幽霊部員の私の名前をどうしておぼえていたのか訊ねると、「一度会った女性の名前は忘れない質《たち》でね」と涼しい顔でのたまった。

タンタタタタタタン、タータタタタタタ、タタタタタタタタタタタタタ、タン

八時五十五分になると、いつもどおり四角いスピーカーからラジオ体操第一の前奏が流れてきた。八重は立ちあがり、体操の準備をした。
腕を前から上にあげてぇ、背伸びの運動からぁ
八重は歌（でいいのだろうか）の指示どおりにした。そのとき思わず、「うぅぅぅぅん」と声をあげてしまい、みんなの注目を集めてしまった。なあに、気にするものか。
三階は営業部と庶務部、経理部があり、十五人ほどの人間がいる。体操をするのは強制ではない。自由参加だ。ただし部長クラスのオッサン達が、えっさほっさ飛び跳ねているとなりで、仕事の電話をするわけにもいかない。八重も入社時はこの慣習に戸惑った

ものの、いまはちがう。曲げるところは曲げて、伸ばすところは伸ばす。左後ろ斜め上にぃ、腕を大きく二回振ってぇぇ、からだをねじりますぅ
はい了解と心の中で答え、八重はからだをねじった。むかいの席の吉口《よしぐち》が視界に入った。

今年の四月に入社した女の子だ。高卒だからまだ二十歳前のはずである。他の社員はめんどくさがって、だらだらやっているが、彼女はちがった。ねむたげな目はしているけど、ぶんぶんと音がなるんじゃないかというほど腕を振っていた。

体操を終えて、仕事にかかるのは九時十分だ。まずはパソコンでメールのチェック。五件の受信があった。そのうちの二件が同じ差出人だった。

別れた亭主だ。会社のメールに送ってくるとはね。

「どうしました?」吉口が声をかけてきた。髪を茶色に染め化粧も厚く、会社の制服を着ていても水商売の女にしか見えない。半年前に自分の部署に配属されたときは長続きするだろうかと八重は思った。ところが吉口はその外見とは裏腹に、パソコンを使いなれており、事務処理能力も抜群だった。「なにかトラブルですか。すごい顔んなってま

すよ」

「そう?」なかなか鋭いな。まさか心の中までは読めないだろうけど。「なんでもないわ」と嘘をついたものの、吉口は納得いかないようだ。

「そうですか。ならいいんですけど」まだ疑わしそうな目でこちらを見ている。「あたしに協力できることだったら、いつでも言ってくださいね」

「ありがと」八重は短く礼を言った。元亭主のメールは開かずにおいた。

「西村さん」と声をかけられ、八重は顔をあげた。庶務部の部長だ。離婚をして旧姓の大湊にもどったのだが、会社では西村と呼ばれている。いちいち訂正するのが面倒なのだ。

良太はちがった。

西村より大湊のほうがかっこいいね。

離婚後すぐ、良太はそう言って笑った。本気なのか八重に気をつかっているのか。たぶん両方だろう。教科書やノートなどの自分の持ち物に書かれてある『西村』の部分をホワイトで消したり、マジックで二重線をひいて、大湊と書き換えていた。

「なんでしょう?」

「体育の日の試合の場所」と部長は紙をさしだしてきた。

「また投げんですかぁ」吉口が黄色い声をあげ、立ちあがった。

「うん。まあね」

八重は現在、轟《とどろき》精密の草野球チームに所属している。来週月曜の体育の日は、隣町にある森製作所との試合だ。庶務部の部長に渡されたのは、グラウンドの場所をしめした地図だ。

「あたし、また応援いっていいですかぁ?」

吉口が誤解されやすいのは、この甘ったるい喋《しゃべ》り方《かた》だろう。地なのか演技なのかわからない。社長にむかっても同じ喋り方だ。上司の八重は、あらためるよう注意せずにいた。

こういう子が会社にひとりいたほうがおもしろいもの。

庶務部の部長はこまり顔とにやけ顔の中間ぐらいの顔をして、吉口に地図を渡していた。

午前中はデスクワークに終始した。十一時過ぎに蕨《わらび》市の工場から電話があった。工場長からだ。スケジュールの確認だという。

そんなのメールですませればいいのに。

八重は訝《いぶか》しく思ったが、各製品についてスケジュールを読みあげた。ではよろしくと電話を切ろうとすると、工場長はこう切りだした。

「独身生活、満喫してる？」

　あまりに唐突な問いだ。

「それってどういう意味です？」

「ほら、なんつうの」工場長は早口になった。「新しい恋はしてるかってことだよ」

　八重は思わず笑ってしまった。「どこでそんな台詞、おぼえてきたんですか」

「どこでってあれだよ。あの」工場長の声が小さくなっていった。電話のむこうで、おはようございます、とだれかの声が聞こえてきた。すると彼は「じゃ、ひとつよろしく」と電話を切ってしまった。

　どういうつもりだったんだろ。

　そう思いつつ、八重はパソコンのキーをぱたぱたと叩いていた。来週、精密機械製造業者懇談会で配布する新商品のプレス資料を作成しなければならない。

　新しい恋だって。

　埼玉の工場長は八重よりも三つか四つ年上で独身だ。十年ほど前にフィリピンパブの女の子にいれあげて、奥さんに三くだり半をつきつけられた話は会社のだれもが知っている。フィリピンの子とはその後すぐ別れたのだが、いまはロシアンパブに通いつめているという噂をきく。そのくせ、性格はいたってまじめだ。仕事に関しても手抜きがない。

あれは私を口説《くど》こうとしたのかしら。

そう考えた瞬間、自分自身の心臓が必要以上に高鳴るのがわかった。

「西村さん、顔が赤いですよ。熱でもあるんじゃないですかぁ?」

「え?」声が裏返ってしまった。吉口が心配げな表情でこちらを見ている。「う、ううん。そんなことないわよ。平気」

莫迦なこと考えてないで、仕事、仕事。八重は頭を左右に振って、マウスを動かした。ところが画面の矢印はとまったままだった。

「あれ?」パソコンがフリーズしている。「あちゃあ」

「どうしました?」

ふたたび吉口がこちらを見た。うれしそうなのは、八重の失敗を喜んでいるわけではなく、八重のピンチを救うことができるという期待からだろう。

「フリーズ。新商品のプレス資料つくってたんだけど、保存してなかったから、この一時間の作業がすべてパー」

「それってあれですかぁ。来週の精密機械製造業者懇談会で配布するヤツですかぁ」

「うん、そうよ」こんなときにも甘ったるい声をだす吉口を憎たらしく思った。やっぱり注意しようかしら。

「あたしにつくらせてもらえませんかぁ? ほら、けっこう下調べとか協力させてもらいましたしぃ、なんとなくできるような気がするんですよねえ」

パソコンのモニターの隙間から彼女の顔が見える。今日もばっちりマスカラを塗っていた。八重は腕時計で時刻を確認した。十一時半だ。昼前にでて外回りをするつもりでいた。ここで吉口に任せればだいぶ楽なのはたしかである。しかしどれぐらいのものがつくれるのか、さっぱり見当がつかない。第一、彼女は事務職だ。この仕事を預けるとしたら、他の部下にすべきだ。八重はあらためて吉口の顔を見た。

「これから外回りして、夕方四時には戻ってくるわ。それまでできるところまでやってみてちょうだい。あなたに任せるかどうかはそれを見て判断する。どう？」

「いいんですか、ほんとに？」

吉口の声はひときわ大きくなった。フロアのみんながこちらを見ている。だが彼女はおかまいなしだ。

「がんばります。ぜったいいいものつくります」

結婚は大学を出て一年後にした。バブルの絶頂期で、派手好きの元亭主の主導のもと、名古屋人もびっくりの豪勢な披露宴を赤プリで開いた。八重は五回もお色直しをさせられた。新郎のお色直しは新婦より一回多かった。彼がボーカルでバンド演奏を披露したからだ。外国の曲だとしかおぼえていない。そもそも八重はオフコースと中島みゆき以外の音楽は知らないのだ。二次会でも唄ってたな、あのひと。熱唱する新郎を見つつ、どうしてこのひとが私と結婚する気になったのだろうと疑問に思ったりもした。それは別れたいまでもだ。

もしかしたら、と八重は考える。あのひと自身もよくわかっていなかったんじゃないかしら。

元亭主の浮気相手は発覚しただけでも六人いた。いちばん最初の相手は八重を広告研究部に誘った女の子だ。それはその子が友達として心苦しいからと八重に告白してきたのだ。元亭主を問いつめるとあっさり白状し、二度としないと土下座して謝られた。まあ、このひとだったらこういうことはあるだろうと心のどこかで覚悟はしていたので、許してあげた。あのとき甘やかしたのがいけなかったと、のちのち幾度、反省したことか。

二人目はネクタイだった。ある日、元亭主が見たことのない柄のネクタイをしていたのだ。あやしいと思って、夕食時に「私の他に好きなひとがいるでしょう」と鎌をかけてみた。そしてネクタイのことを指摘すると、元亭主は信じられないほど動揺してこれまたあっさり白状した。その後、彼はネクタイをしなくなった。

三人目、四人目は同じパターンで八重にばれた。どちらも元亭主は浮気相手に電話するつもりで、八重に電話をしてきたのだ。莫迦である。三人目の場合は自宅の留守録に、

「来週、京都に出張するからパパといっしょにいかなぁい?」とふきこんであった。この留守録は息子の良太といっしょにきいた。

「お父さん、どうかしちゃったの?」と当時小学二年生の良太は首をかしげた。「自分のこと、パパって言ってるよ。それにぼく、京都なんかいきたくないんだけどなあ」

八重は怒りをおさえつつ、良太に微笑みかけ、「お父さん帰ってきたらきいてみたらどう?」と言った。その夜、元亭主はまたまたあっさり白状した。

四人目は八重のケータイの留守録だった。「今夜のデートは恵比寿のいつもの店で」元亭主と恵比寿などでデートしたことは学生の頃から一度もなかった。深夜一時過ぎにタクシーで帰ってきた彼に、「恵比寿の」と言いかけただけで、元亭主は白状した。

五人目は凄《すご》かった。浮気現場の写真が八重の会社に送られてきたのだ。元亭主が道端で若い女とキスをしているのを撮られていた。しかも真っ昼間だ。大胆というか、莫迦。ほんと莫迦。写真はその浮気相手の旦那(!)が探偵を雇って撮ったものと知ったのはのちのことだ。

六人目の女は元亭主本人の口から告げられた。いいや、あれは浮気ではなかった。

元亭主はこう言った。

「浮気じゃなくて本気なんだ」

大手広告代理店の部長で、だじゃれと演歌を憎む男が、そんな陳腐な台詞を吐いていいものだろうか。そのあとすぐにこう続けた。

「別れてくれ」

八重は自分の感情よりも、ひとり息子の良太を思う気持ちがさきに動いた。

「良太はどうするの」まずそう訊ねた。その言葉に元亭主の唇の端がゆるんだのがわかった。彼の中の狡猾《こうかつ》さが露見したいやな表情だった。敵だ、女の敵。

「きみに譲るよ。むろん養育費は払う」

犬猫じゃあるまいし。そんな言い方はないだろう。別れを告げられたよりもそちらのほうが八重は腹立たしかった。


十月にしては陽射しが強い。スーツを脱ぐほどではないが、歩いていると額に汗がにじんだ。品川駅の構内でカレーを食べてから、八重は浜松町にある得意先の会社へむかった。製作部の部長とソファで打ち合わせをしていると、「八重ちゃん」と声をかけられた。

「社長。どうもごぶさたしてます」

あいさつをしようと腰を浮かすと、社長は「まあ、そのままそのまま」と自分が八重のとなりに座った。

「八重ちゃん、広告屋と離婚したんだってね」八重のことを下の名で、しかもちゃん付けで呼ぶのはこのひとだけだ。もう七十近いはずだが、白髪を黒々と染めているせいで五十過ぎにしか見えない。「もう四カ月も前なんだってねえ。だれも教えてくれなかったんだ。まるでみんなで示しあわせたようにさ。おたくの社長もだよ。八重ちゃんが離婚したなんてことをおれが知ったら、手をだすんじゃないかと心配したのかもしれん」

そして社長は、かっかっかと笑った。八重も愛想笑いをした。

「なんか困ったことがあれば言ってね。いつでも相談に乗るよ」

社長は八重の両膝《りょうひざ》を右手で撫でた。上手な撫で方だった。セクハラというよりも奉仕に近い。

「よろしくお願いします」

八重は神妙に頭をさげた。


それから数件、得意先まわりをした。五反田の玩具《がんぐ》メーカーへいくと、試作品の依頼を受けた。

「お急ぎですよね。ではいますぐ工場のほうへ連絡とってみます」

クライアントの目の前でケータイをとりだした。はじめ工場長は八重の電話に、しどろもどろになった。しかし仕事の話だとわかると、ひとつせき払いをして、ビジネスライクな口調に切り替わった。

「言葉で説明されても正直、具体的なイメージがつかめないなあ」工場長はうなった。

「どれくらいかかるって返事はできないよ」

「いま、簡単な図面をファクシミリで送ってもらいます」クライアントの顔を窺った。

三十代後半の彼は察して、いいですよ、と答えた。「それをご覧になってください」

「了解」

「助かるわ」

「どういたしまして」


八重は大学を卒業後、インテリア雑貨をあつかう会社に就職した。海外での商品買付をおこなう部署を希望したものの、専門店や代理店への営業や販売の部署にまわされた。結婚後も続けてはいたが、良太の出産を機に辞めてしまった。結局、二年しかいなかったことになる。

轟精密にははじめパート社員として入った。良太が小学校にあがったときだ。大手広告代理店につとめる元亭主の給料で家計はじゅうぶん賄えた。しかし家事と育児に没頭する日々は八重にはつらかった。といって近所のテニスサークルやらに参加しても心は満たされない。そこで働きにでようと決心したのだ。元亭主に一応、相談はした。二人目の浮気が発覚した頃で、彼は八重の言うことならばどんなことでも、うんうんとうなずいてくれた。

午前十時から午後四時までのパートで事務の仕事を三年続けた。朝、みんなにお茶をだしたり、電話注文をメモしたり、取引先に書類を送付したり、今の吉口と変わらぬ仕事内容だ。

そんなある日、転機がおとずれた。

「西村さんって大学、英文科だったよねえ」と専務が訊ねてきた。「だったら英語は堪能？」

轟精密では卒業した大学の話はなるべく避けてきた。ときどきだれかに訊ねられても、あいまいにしていた。理由は簡単だ。ここでは八重がいちばん高学歴だからだ。なにせ大学をでている人間は数えるほどしかいない。声をかけてきた専務だって高卒だ。

「できるっていってもまあ、そうたいしたもんじゃないです」

「これ、訳せる？」と専務から書類を渡された。手にしてすぐ、なにかの契約書であることだけはわかった。

「一字一句、きちんと訳す必要はないんだ。ざっと読んで、私にわかるように説明してくれればいい」

「いますぐですか」

「いますぐできるのかい？」

「一時間ほどお時間をいただければ」

それ以降、専務から直々の頼まれ事が多くなった。翻訳だけではない、というかそれははじめだけだった。

「英文科だったら、英のほうじゃなくて文のほうも得意でしょう」とわけのわからぬことを言われ、プレスやマニュアルなどの書類の作成を手伝わされた。会合のスピーチ原稿も書いた。弔辞や結婚式の祝辞なんてのも頼まれた。

三ヵ月ほどそうした仕事をしているうちに、商品についてのちょっとしたアイデアを思いついたので、企画書をつくって専務に提出してみた。アイデアはおおげさだが、轟精密の技術を玩具メーカーに売りこんでみたらどうかという提案だ。

それを読んだ専務は「西村さん、営業希望なの?」と言った。

とくにそんなつもりはなかったが、「興味はあります」と答えてしまった。

「だったら、どうかな。正社員になる気ない?」

給料は扶養の範囲内がいいと考えてはいたが、仕事も楽しくなってきたし、良太ももう手がかからない。ふたつ返事でオッケーをした。このときにはもう元亭主には相談しなかった。彼が四人目と恵比寿でデートした直後だったし。

「どうですか」

吉口が訊ねてきた。八重は書類から顔をあげた。

「写真と文章がじょうずに組み合わせてあって読みやすいわ。これだったら小学三年生でもこの商品がどれだけ便利だかわかる」

予定より一時間遅く会社に戻ってくると、吉口は駆け寄ってきた。ヒールなのでカツカツと音がしたが、彼女自身、気にしてない。そして「できました、見てください」と自分がつくった書類を八重にさしだした。まるで好きな男の子にラブレターを渡す女学生だ。それだけでもこの仕事は彼女に任せていいなと八重は思ったほどだ。

「あのぉ、それって」吉口は目をぱちくりさせた。長いつけまつげから、ばさっばさっと音が聞こえそうだ。

「少し手直しする部分はあるけど、懇談会ではこれを配布しましょ」

「ほんとですかぁ」と叫ぶと、吉口は八重に抱きついてきた。「ありがとうございますぅ」

ありゃこの子、泣いてるわ。

八重は慰めるように彼女の背中を叩いてあげた。

さんざんぱら泣いたせいで、つけまつげはとれ、マスカラは涙で流れ落ち、吉口の顔はすっかり崩れてしまった。

「ちょっとトイレいってきます」

吉口は右手を顔にあて、左手でポーチを持って姿を消した。

「なんかあった?」上の階からおりてきた専務が八重に近づいてきた。鞄を持っているところを見ると、どうやら帰りがけのようだ。「きみんとこの娘さんが泣きながら、トイレにかけこんでいったよ。いじめた?」

「ちがいますよ」八重は笑って否定した。

「だったらいいんだけど」専務はまだなにか言いたげだ。

「なんです?」

「蕨市から電話あった?」

専務が言う蕨市はイコール工場長だ。

「はい、今朝ありました、そのあと私からしましたし」

「ほう」

専務がにやついている。そこで八重はピンときた。工場長に電話をさせたのはこの男か。妙な台詞を教えたのもそうにちがいない。

「今度、会ったりするの?」

「いえ、べつに」

「あ、そう」専務は残念そうだった。「だったらいいんだけど」

余計なことをしてくれたもんだ。

専務といれかわりで吉口が戻ってきた。十分足らずだったにもかかわらず、彼女はばっちりいつもの顔になっていた。

「すいません、なんだか取り乱しちゃいましたぁ」と言ってお辞儀をした。

私、やっぱこの子が好きだわ。良太の嫁になってほしいほどではないが。

「吉口さん、もう帰るだけでしょ」

「あ、はい」

「だったら呑みにいきましょうよ」

八重の誘いに、吉口は戸惑っていた。だれかと約束があるのかもしれない。

「なにか予定があるんだったらいいわよ」

「だ、だいじょうぶです。お供させてください。あたし、着替えてきます。あ、あの、さっきの資料の直しって明日でいいんですか」

「うん。まだ間に合うからいいわよ」と言いながら、八重はケータイで良太に遅くなる旨をメールで送った。おかずは冷蔵庫に、ご飯は自分で炊いてとも書き添えた。

普段着の吉口は、いやはや、すごかった。紫色のブルゾンに短いTシャツ、その裾《すそ》の下からお腹が見え、へそにピアスをしているのがわかった。フリルのついたスカートはずいぶんと短く、健康的な太股が丸だしだ。しかもきんきらピンクに輝くショルダーバッグ。

あたしのなじみの店でいいですか、と吉口が言うので、どんなところに連れていってくれるかと思いきや、下北沢のつぼ八だった。

カウンターの席につくとすぐさま店員がオーダーをとりにきた。

「イトーくん、おひさしぶりぃ」

吉口がその店員に話しかけたので、八重はちょっと驚いた。

「アケミさんじゃないっすか。チョーひさしぶりっすねえ。髪型変わってんで、わからなかったすよぉ」

アケミ。吉口はアケミっていう名前だったのか。

店員は八重のほうを見て、「こちらもしかしてアケミさんのお母様っすか」と言った。たしかに十九の娘がいてもかまわない年齢ではある。しかし八重は少しムッとした。

「ちがうわよ、会社の上司」

「上司？　そういやアケミさん、マトモな職についたってハナシきいたっすけど、アレってマジだったんすか」

「マジよ。いまのあたしはOLよ、OL」

吉口はとても自慢げだった。そして「西村さん、なにお呑みになりますか」と訊ねてきた。

「生ビールお願い」

「あたしは酎ライム。食事の注文、しちゃっていいですか」

八重がどうぞと言うと、吉口はメニューも見ずに、えび唐揚げ、ほっけ、豚カシラ串、軟骨入りつくね、とすらすら注文してしまった。そして、こうつけ加えた。

「ねえ、ヨウジ、今日きた？」

「きてないっすよ。最近、あんまし見かけないっすねえ」

たしかになじみの店のようだ。お酒がくるとひとまず乾杯をしてお互い呑みだした。

吉口は酎ライムを半分、一気に呑んでしまっていた。

「西村さんってえらいですよね」吉口はいきなりそう言った。

なんと返事をしていいかわからなかった。「え？」

「いつも朝の体操、一生懸命、やってるじゃないですか。ほかのひとは適当にぐにゃぐにゃやってるのに、西村さん、曲げるところは曲げて、伸ばすとこは伸ばしてるでしょう、指のさきまでピィンと。あたし、そういうの、えらいと思います。尊敬しちゃいます。だからあたしもまじめに体操してます」

吉口は真顔だ。

他に尊敬していいところあるはずなのに。

そう思いながらも八重は満更《まんざら》でもなかった。吉口は残りの酎ライムを呑み干してしまい、えび唐揚げを持ってきたイトーくんに同じものを注文した。

「あのぉ、それでそのぉ」もしかしたらこの子はもう酔っているのか。呂律《ろれつ》がすでにあやしい。「西村さんにちょっとききたいことがあるんですけどもぉ。いいですかぁ」

「なぁに？」

「けっこう直球な質問しちゃいます。すっごくプライベートなことでぇ」

「いいわよ。なんでもきいてちょうだい」

「ええ。まあ。えーと」

それでもまだ吉口は口ごもっていた。八重はいらつきを顔にださないようこらえ、理解ある上司というか人生の先輩をしめすつもりで笑顔をつくってみせた。

やがて吉口は覚悟を決めたようだ。口を一文字にしてから、ゆっくりと言った。

「男の浮気ってどうやったら、尻尾つかめんですか？」

そのたぐいの質問だとはある程度、予測していた。そのくせ八重は頰をぴくぴくと痙《けい》攣《れん》させてしまった。

「すいません」吉口は本当にすまなそうだった。「やっぱ、いいです」

「一人目は浮気相手の女性が私のところへ告白にきたの」

「一人目？」

「二人目はネクタイ。三人目と四人目は留守録、五人目は写真、六人目は亭主本人の口からよ」

「別れた旦那さん、六人も浮気してたんですか」

「十五年間でね。発覚したのが六人で、もっといたかもしれないわ」

「そういうのって」十九歳の女の子は身をのりだしてきた。「馴《な》れるものですか」

「馴れる?」私も酔っているかもしれない。ビールをジョッキでまだ三分の二しか呑んでいないというのに。「冗談じゃないわ。そのたびに傷ついたわよ」

亭主の前では取り乱したことはなかった。抑圧した怒りは、別の方向へむけた。育児と仕事だ。おかげで良太はすこやかに育ち、私はパートから正社員になれた。感謝しよう、元亭主と六人(あるいはそれ以上)の女達に。

「カレシが浮気してたりするの?」八重は言ってみた。

「あたしのケータイにチクリメールがきたんです」

そこにイトーくんがやってきて、頼んだ料理をテーブルに置いた。吉口はそのあいだ、唇を尖《とが》らせて黙っていた。

「以上で注文の品はすべてお揃いでしょうか?」

イトーくんがマニュアルどおりの台詞を言って去ると、吉口は話を続けた。

「だれからメールきたかはわかんないんですぅ。あたしけっこういろんなひととメアド交換してるしぃ。ちょっと待ってくださいね」

吉口はぎんぎらのバッグからぎんぎらのケータイをだした。ストラップがごっそりとついており、ケータイ本体よりも大きなかたまりになっている。

「読んでみてくださいよぉ」

もうほとんど友達扱いだ。断る理由もないので、八重はそのケータイを受けとった。ストラップの束のせいでずしりと重たかった。軽量化のために心血を注いだ技術者達が見たら、どれだけ嘆くことやら。

液晶画面にはこうあった。

『今夜ヨウジとコノミ、シモキタのツボハチにて密会』

「シモキタのツボハチって、え？　ここってこと？」

「そうなんですよぉ。コノミって子はあたし全然知らないんですけどもぉ」

匿名のチクリメールを確認するために、ここに足を運んだというわけか。しかも会社の上司を引き連れて。いいや、呑みに誘ったのは八重である。吉口にしてみれば苦肉の策だったと言えなくもない。

八重は莫迦莫迦しくなった。と同時に吉口をうらやましくも思った。十代の色恋沙汰《いろこいざた》は、中年夫婦の離婚などよりもずっと健全で美しい。

そのとき吉口のケータイがけたたましい音楽を鳴り響かせた。

「あっ」と声をあげ、吉口は八重からケータイを奪うようにとった。そして液晶画面を見て、表情がとろけた。

「なぁに？」

ケータイを耳にあてた吉口は普段以上に甘い声になっていた。

ヨウジだなと容易に推測がついた。

八重は吉口の横顔をながめていた。恋をしている少女は、どれほど化粧で塗り固められても目元に幼さが残っていた。

「そうなの。うん。わかった。がんばってねぇ。バイバーイ」

「どうしたの」訊ねるつもりはなかったが、言葉がでてきてしまった。

「昼間、このチクリメールがきて、すぐヨウジに電話してぇ。そんときは留守録に、今日、会いたいってふきこんでおいたんですよぉ。メールのことは黙ってましたけどもぉ」

「じゃあ、このあと会うの？」

吉口は少し悲しげな表情になり、首を横に振った。

「友達の友達のカノジョの誕生日パーティーでＤＪやりにいくんだって」

誕生日パーティーでＤＪ。八重の生活にはあり得ないシチュエーションだ。

「ヨウジくんってＤＪなの？」

「ラーメン屋のバイトしてて、そっちのほうが収入いいんですけど、本職はＤＪなんです。すっごくかっこいい選曲すんですよ、ヨウジって」

きみは本当にヨウジくんのことが好きなのね。

「やっぱガセだったんだぁ」と吉口は悔しそうだった。しかしよく考えてみれば、悔しがる必要などないのだ。

「よかったじゃないの」

歩いていたイトーくんに、八重はもう一杯、生ビールを注文した。吉口の二杯目の酎ライムは、まだ半分以上残っていた。

やがて吉口はヨウジがどれだけイイ男か語りだした。

ふたりのショーゲキ的な出会い、数々のデートとそのあとのことを逐一、赤裸々に説明してくれた。あまりに露骨な表現に、八重は何度か彼女の口を手でふさいだ。そのたびに吉口はげらげらと品のない笑い声をあげた。

ヨウジの話が一段落つくと、彼女はトイレいってきますといなくなった。

八重は自分のケータイをとりだして、まず時刻を確認した。九時過ぎだった。そして着信が一件。蕨市の工場からだ。留守録は入っていない。とすると急なトラブルが発生したわけでもないだろう。たぶん工場長が電話してきただけだ。

メールが一件きていた。こちらは良太からだ。

『メシ炊いて食べた。母さんの分もあり。豚バラ肉の野菜巻きおいしかったよ』

「だれからですか？」吉口がもどってきていた。

「息子からよ」と言って八重はケータイをしまった。

「ああ、良太くんですかぁ」

「どうしてうちの息子の名前知ってるの？」

「以前、教えてくれましたよ。たしか中学生でしたよね」

「中二」

「いいなあ。中学二年なんてまだまだこれからじゃないですか。あたしもその頃に戻りたい」

十九の小娘がなにを言ってんだか。

仕上げにふたりで焼きおにぎりを食べた。

「あたし、お金そんなないんです」と吉口は短い舌をだした。

「いいわよ。おごってあげる」

バッグから財布をだした。レジに立つ店員が三千六百円です、と明るい声で言った。

いらっしゃいませぇ、と別の店員の声がした。ただいま席おつくりしますので少々お待ちいただけますかぁ。

店内を見ると平日の夜にもかかわらず、ずいぶんと繁盛をしていた。

三千六百円を払い終わり、吉口に、さあ、いきましょう、と声をかけた。しかし返事はなかった。吉口は席が空くのを待っていた男女のカップルと、なぜかにらみあっていた。

女の子は吉口と同じように、肌の露出の多い服装だった。その子が「あんたね、アケミって」と言った。「最近、ヨウジのカノジョ気取りらしいけど、やめてくんない」

「どういうこと？」

吉口は蚊の鳴くような声だった。

「どうもこうもないわよ。ヨウジはあたしのカレシだってこと」

「そんなはずないじゃん。ね」と吉口が男の腕にすがろうとした。

「つまり、その」

口ごもる長身の男は身をひねり、吉口から逃れた。

こいつがヨウジか。テレビでよく見かける芸人に似ているが名前は思いだせなかった。どうしてこんなひとが人気があるのと良太に訊ねたことがあった。さあ、ぼくにもわからない。息子は首をかしげた。でも女の子達はキモかわいいから好きって言ってるよ。

「あたしのヨウジに気安くさわんじゃねえよ」

女の子が吉口の肩をついた。男はなにも言わず、首をうなだれているだけだ。唇の端がゆるんでいるのが八重には見えた。笑っているんだ、こいつ。なんてイヤな男なんだ。敵だ、女の敵だ。

吉口も負けてはいない。女の子につかみかかろうとするので、八重は止めに入ることにした。なんにせよ、こんなところで暴れさせてはまずい。すると吉口が思いもよらぬ行動にでた。自らの口の中に指をつっこんでいた。

「んぐ」吉口の口からこの世のものとは思えない音が発せられた。「んごぉぉがごぉおお」

つぎの瞬間、コノミであろう女の子に、吉口は咀嚼物《そしやくぶつ》を吐きかけていた。


夜の公園にはだれもいなかった。八重はハンカチを水道で湿らせ、軽くしぼると、吉口にさしだした。ブランコに腰かけている彼女は、放心状態だった。ハンカチは受けとったものの、手に握っているだけだった。昼間は額に汗するほどだったが、夜はだいぶ涼しくなった。ミニスカートからでている吉口の太股が寒々しかった。

つぼ八からは走って逃げた。だれかが追いかけてきたかどうかはわからない。しかしできるだけ遠くに行きたかったのだ。

「口のまわり。あと、服にもついてるわよ」と八重は言ってあげた。ついているのはもちろんさきほど吐きだしたものだ。

「はい」それでも吉口はぼんやりしたまま、身動きしようとしなかった。八重はハンカチをとりあげ、彼女の口のまわりをふいてあげた。

しばらくして吉口が言った。

「あたしが浮気相手だったんですね」

淡々とした口調だった。

「うちにこない？　ここからタクシーで十分ぐらいのとこ。なんだったら泊まってってもいいわ」と八重は言った。「だすもんだしちゃってすっきりして、お腹減ったでしょう？」

こんな夜にひとりじゃつらいでしょ。そう言いかけたがやめておいた。

八重を見あげた吉口は、清々《すがすが》しい表情になっていた。「あれ、あたしの得意技なんです」

そしてブランコから立ちあがった。

「お言葉に甘えさせていただきます」

「しばらく男はいいです」公園の前の道路にふたり並ぶと、吉口が宣言するように言った。「やつらは敵です」

空車のタクシーが走ってくるのが見えた。

吉口が両手をあげ、大きく振った。
まるでだれかに助けを求めるように。

都合のいい女

美加《みか》はたいがい裸で眠っている。そしていつも俯《うつぶ》せだ。

まだ大学生の美加は、昼過ぎにならないと起きない。

彼女のアパートに泊まる場合は、吾妻がさきに目覚める。寒くて目覚めてしまう。なぜかかけ布団がベッドの下に落ちている。美加側なので、彼女が寝ている間に落としているのだろう。

裸の美加は背中が丸だしだ。

吾妻は起きあがり、枕元の目覚まし時計を見た。美加が中学のとき、親に買ってもらったというキティちゃんの顔の形のものだ。美加をまたいでベッドをおりる。それからかけ布団を拾い、彼女にかけてあげ、会社へでかける準備をしだした。

自分が美加を好きなのかどうかわからない。

くしゃくしゃになったワイシャツを着ながら、吾妻は考える。彼女の小さくてひらべったいお尻が視界に入った。胸も小せえんだよなあ、こいつ。

ひとり暮らしをしているのに、料理っていえばカレーしかつくれない。好きな映画はアルマゲドンとタイタニックだし、本は雑誌しか読まない。あごが長くてそれをネタにアントニオ猪木の真似をする。しかも人前でだ。

いったいなんでおれはこんなひどい女とつきあっているんだ。

一年ほど前、合コンで知り合ったその日に、ワンルームのこの部屋にきた。ベッドをともにしたあと、あたしのこと好き？　と訊ねられた。きらいだと言えるはずがない。そのままずるずるとだ。


「もうちょっとさぁ、胸にズッキンドッキンくるキャッチコピー、考えられないわけ？」

宗方《むなかた》の声が会議室に響いた。甲高いので、いまいち迫力がない。

「たとえば、それはそのぉ」外部のスタッフのひとりが訊ねた。「どんなんでしょうかね」

「なに？」宗方はネクタイをゆるめ、身をのりだした。「おれに考えろっていうの」

「いえ、そういうわけじゃありませんが、もう少し具体的なご要望があると助かるんですが」

「それはいま言ったでしょ？　ズッキンドッキンですよ。ズッキンドッキン」

宗方のとなりに座っている吾妻は、外部スタッフに同情した。

「とにかく来週の今日までにぜんぶやり直し」

宣伝会議は朝の十時からはじまった。来年夏公開のSF超大作についてだった。七時間に及んだ末（ランチはコンビニのおにぎりとサンドイッチが配られた）、結論がこれだ。参加した十数名全員が徒労感を漂わせていた。

「頼むよ、ほんとにぃ。まださきだなんて思わないでくれよぉ。来年、これをヒットさせないとタイヘンなんだからぁ」

ひとり宗方のみ怪気炎を吐いている。だれも彼に反論する気力はなかった。


六階の会議室から八階のオフィスには階段を走ってのぼった。このビルはエレベーターが一台しかなく、しかもめちゃめちゃ遅いのだ。階段を使ったほうが断然早い。

自分の席の椅子に座ると、吾妻はつきあいの深い漫画雑誌の編集部に電話をかけ、映画の記事の担当者をつかまえた。

「今、校了中なんだよね。ヒマないんだ」切られそうになったところを、「明日、そちらに伺ってもいいですか」と食らいつく。

「いいけどもさ」

「何時ぐらいでしたらお時間とれます？」

こんな日本語つかうとは、学生時代には思いもしなかった。相手はそれには答えず、

「どんな映画もってくんの？」と訊ねてきた。

吾妻は主演女優の名を告げた。

「あのコ、おれ、タイプじゃないんだよねえ」

おまえのタイプなど知ったことか、と腹の中で罵《のの》りつつ、さきほど会議の俎上《そじょう》に載っていたSF超大作のタイトル名を言った。

「この映画もできれば、貴誌で扱っていただければと考えています」

「それって来年夏公開のヤッだよねえ」こちらは食指が動いたようだ。「ま、明日だったら六時過ぎにからだはあくかな」

「じゃあ、その頃に。伺うときまた電話します」

つぎにパソコンのメールをチェックした。受信は一件のみだ。差出人はユカワデザイン。件名には『チラシのラフです』とあった。早速開いて、デザインを確認した。悪くないがよくもない。だがこんなものだろう。

ユカワデザインは吉祥寺にある個人事務所だ。予算がない仕事はここに依頼する。迅速丁寧だが、おもしろみのないワンパターンのデザインしかできない。だからでかい仕事は頼まないようにしている。今回、依頼した映画も東京の単館、二週間限定しかもレイトショーのみ。公開一カ月後にはDVDとビデオの発売が予定されている。

だったら、はじめからビデオスルーにすればいいのに。

吾妻はひとりごちた。どういう契約でこうなったかは下っ端の吾妻にはわからない。

部長の宗方だってよくわかっていないだろう。

ユカワデザインは藍子サンに紹介してもらった。

「元亭主なの」彼女は笑ってそう言った。「だからあたしの名前はださないでね」

どうして元亭主に仕事を斡旋《あっせん》するのか、吾妻には理解できなかった。そういうのがオトナってことなのかな。

吾妻は好奇心も手伝い、打ち合わせと称して、ユカワデザインの湯川卓に幾度か会った。湯川はいつも吉祥寺パルコ脇の喫茶店を打ち合わせの場所として指定した。

不思議な男だった。

藍子サンはこういうひとが趣味だったのか。

なんと形容していいのやら、ずんぐりむっくりとしたクマのような男だった。いつも眠たげなまなこで、ぼそぼそとしゃべる。自分のつまらない冗談にぐふぐふ笑う。仕事の話はきいているのかどうかわからない顔でうなずくだけだ。

二度目に会ったときだ。どういう話の流れでそうなったのか、湯川のほうから「十一月に結婚するんです」と告げられた。

「それは、その、おめでとうございます」そしてこう訊ねた。「どんな方なんです、奥さんは」

湯川はケータイをとりだし、画面を吾妻にむけた。

「かわいいひとですね」

狸《たぬき》みたいな顔だ。藍子サンとまるっきりタイプがちがう。湯川はケータイを隠すようにしまった。

「独立する前の事務所でバイトしてた子なんだ。いまはまたべつんとこでデザイナーやってますけども。去年、大学でたばっかで」

妻が若いことを自慢したいのだろうか。

「湯川さんって再婚ですよね」と思わず訊ねてしまった。

湯川の細い目が見開かれていた。

「知ってるの、ぼくの前の奥さん?」

「あ、いえ」吾妻は口ごもってしまった。

「知っててもおかしくないよねえ。おんなじ業界だもんねえ」

「いえ、あの、一度だけ仕事がいっしょになったことがあって」

これはほんとだ。

「そうなんだぁ」湯川は一口コーヒーを飲み、こう言った。「ぼくの前の奥さん、すっごい美人でしょう」

どう答えていいかわからない。「そうだったかもしれません」

「吾妻くんよりひとまわりも上だし、あんまし興味ないか」

「いえ」興味はじゅうぶんある。「きれいなひとでした」

「でしょう？」念を押すように言う湯川に、吾妻はかちんときた。そこでこう質問してやった。「今度の奥さんとタイプがちがいますよね」

「うん。たしかにそうだね。タイプっていえば、今度の奥さんのほうがぼくにはタイプだけど」

のろけらしい。ははと吾妻は力なく笑った。

「元の奥さんはさぁ。なんていうか、ランクがちがうんだよね。彼女とは結婚する前、何回か仕事をしてたけどさ。こういうひとはぼくのいる世界とは無縁だなと思ってたんだ。仕事をいっしょにしているのはふたりの世界がたまたま重なっただけってね。ところがね、そのひとがある日突然、ぼくのとこにきて、結婚してくれって迫ったんだよぉ」湯川の頰がゆるんだ。「彼女はそのとき三十五歳だったし、必死の形相で嘆願するから、よほど切羽詰まってるんだなあって可哀想になっちゃって、つい」

必死の形相？　嘆願？　切羽詰まってる？　可哀想？　このクマが藍子サンをそう思ったのか。

「つい、なんですか」

「ついくらくらってきちゃって、結婚しちゃったの。でもだめだったなぁ。うまくいかなかった。彼女にはどうやら他に好きなひとがいて、そのひとに対するあてつけでぼくと結婚したらしいんだよぉ」

他に好きなひと。吾妻はすぐに思い当たった。ミリタリーフェスティバルに紫陽花を持ってあらわれたあの男にちがいない。

「それは本人にたしかめたんですか。他に男がいるのかって」

「いえいえ」湯川は手を振った。「そんな怖いことできないよぉ。でもわかるでしょう。このひと、気持ちが自分にむいてないなあっていうのは」

試写室の前で吾妻はぼんやりひとり立っていた。

気持ちが自分にむいていない、か。

もしかしたら、と吾妻は美加を思い浮かべる。彼女もいまのおれに対してそう感じているかもしれない。それならそれでいいんだけども。

吾妻は何度目かのあくびをしたあと、ケータイで時間を確認した。

五時四十五分。六時から上映の映画に、まだだれもきていない。これはひどい。公開はまださきである。ただし試写は今日をいれて四回しかない。

もてない男の子が、学園一の美少女をひょんなことで助け、いいカンジになるが、彼女にはアメフト選手の彼氏がいて、しかしやがて、と説明するのも莫迦らしい内容の映画だ。

学園一の美少女を演じるのが、アメリカでは大人気のティーンアイドルなのだが、日本ではさっぱりだった。さきほど電話をかけた雑誌の編集者がタイプじゃないと言った子だ。じつは吾妻もそうである。彼女の顔が、終始、ミニラに見えてならなかった。

ちゃんとエレベーターの着く音がした。扉が開くまでやや時間がかかる。

もしかしたら藍子サン？　と期待しつつ、そちらを見ていた。

ががががががと扉が開いた。ちがった。

莉田平和《りたへいわ》だった。

しっかりした足どりでこちらにむかってきている。

この爺さん、いくつになるんだっけ。九十はもう過ぎているのではないか。

老人は右手に持っていた試写のハガキを吾妻にさしだした。

「この映画、全米じゃベストテンにランクインしたんでしょう。でも単館なんですねえ」莉田翁は穏やかな口調で言った。「このヒロインの子、あちらではずいぶんと人気なんでしょう？」

「テレビドラマの脇役ででていたんですが、それがあたって」

「観ましたよ、そのドラマ。ツタヤでDVD借りて。ホラー仕立ての青春ものでしょう」

「全部ご覧になったんですか」

「最後は尻つぼみでしたが、おもしろかった」

全部といったら二十六話分だ。吾妻もこの映画を宣伝することになって、一、二本借りたものの、満足に観ていない。

「同じドラマにでていたチアガールの子のほうがこの子よりかわいいのになあ」

莉田翁は吾妻から資料（モノクロのコピー五枚をホッチキスでとめただけ）を受けとり、試写室に入っていった。

入社したばかりの頃、ここではじめて莉田翁を見かけたとき、まだ生きていたんだと正直思った。

彼の著作のプロフィールによれば、戦前は雑誌の編集長だったそうだ。その頃から映画や芝居の評論を精力的におこなっていたという。菊池寛や谷崎潤一郎とも交遊があったとあるが本当だろうか。

いまでも時折、映画雑誌に寄稿しているので現役といえば現役だ。エヌ・エイチ・ケーのラジオの番組にでているのを深夜のタクシーで耳にしたことがある。小津や溝口や黒澤との思い出話をしていたが言いたい放題だった。長生きしたもんの勝ちってことか。

胸ポケットのケータイが震えた。すぐにとりだし、まず液晶の画面を確認した。美加だ。でようかどうしようか悩んだ。しかしここででないとあとでぐずぐず言われるだろう。電源を切っておけばよかったと吾妻は後悔した。

「もしもし」

「でるのおそいよ」

美加の声がケータイのむこうから聞こえてきた。半年前だったらこの声に心弾んでいた。いまはうっとうしいだけだ。

「用？」自分の本心が見破られないように、できるだけ落ち着いた声で言った。

「今日、会えない？」

「ちょっと無理」

「おそくなってもいいから、うちにきてよ」

吾妻は自宅で両親と弟と暮らしている。だからひとり暮らしの美加のアパートに通うことが多い。「終電近くなるかもしれないし」

美加の答えはない。しばらくの沈黙ののち、彼女はふううとため息をついた。情事の最中の吐息のようだった。吾妻のからだの一部がそれに反応してしまった。

「わかった。ごめんね、仕事のじゃましちゃって」

「どうにかするよ」今夜一晩だけいくか。別れ話を切りだすのはまださきでもいいや。

「こっちからかける」

電話を切ってから、吾妻は美加の白い背中を思いだしていた。薄闇《うすやみ》に浮かぶ白い背中。

ちぃんというエレベーターの音で我に返った。ががががと扉が開き、でてきたのは藍子サンだった。顔よりもさきにV字カットの胸元に目がいってしまった。

「まだ間に合う?」

「だ、だいじょうぶです」

さっさと試写室へ入っていこうとする藍子サンを、呼びとめた。

「なぁに?」

「あ、あのプレス。どうぞ」


藍子サンはフリーの宣伝マンだ。

いままでに会った宣伝マンの中で、もっとも変わっていて、なおかつ真っ当なひとである。吾妻のいる配給会社の宣伝の助っ人もよくする。吾妻自身、今年の六月から七月にかけて彼女とコンビを組んで戦争映画の宣伝をした。一カ月間、寝ているとき以外はずっと藍子サンといっしょにいる状態だった。

それまでの吾妻の仕事といえば、上司や先輩に命じられたことをこなしていくだけだった。つまりはパシリにすぎなかった。ところが藍子サンとの仕事はちがった。なにしろふたりしかいない。試写状の発送からチラシやポスターのデザインの手配、劇場との打ち合わせ、各媒体への営業、パンフレットも予算ギリギリで製作した。そのために上司を説得したほどだ。

それだけではない。ひとりでも多くの動員を、とミリタリーフェスティバルにふたりで乗りこみ、前売り券を二百枚近く売り捌《さば》いた。

藍子サンは、ナチの軍服をどこからか借りてきて、それを着こみ、会場を闊歩していた。タッパがある彼女は似合っていた。前売り券を買うと彼女と写真が撮れるという特典だったのだ。

あの意気ごみたるや、大いに見習うべき点だ。幾度か呑みにもいったが、そのたびに藍子サンは、宣伝は攻めよ、と説いた。

ナチの格好で、情報誌の編集部にいき、『今週の宣伝マン』なるコーナーで扱ってもらった。さらにはテレビにも出演した。情報誌を見たテレビのプロデューサーがおもしろがって番組に呼んだのだ。

アイドル顔をした女子アナウンサーに、「この映画の見どころは?」と問われ、ナチの制服姿で藍子サンは兵器の名を列《つら》ね、その性能などについてカメラ目線で熱く語ったのである。

このとき語ったことは、ミリタリー雑誌の編集長から教えてもらい、一夜漬けの付け焼き刃にすぎなかった。にもかかわらず、全国のミリタリーおたくの胸にズキンときたようだ。

前売り券が予想以上の売り上げをしめし、会社への問い合わせが殺到、おかげでその映画はレイトショーから昼にもちあがっていた。

それ以来、彼女と仕事はしていないが、たまにケータイで連絡をとりあい、ときには食事もした。むろん、美加には内緒でだ。

一度だけ、なぜいまの職業に就いたのか、どうしてフリーなのか訊ねたことがある。

藍子サンは一言こう言った。

「なりゆき」

開映直前に吾妻は試写室に入り、映画のタイトルと上映時間、公開する劇場名と公開日をアナウンスした。

莉田翁は首を垂れていた。寝てしまっているのだろうか。

頭をさげて試写室を出ていこうとするとき、藍子サンが手を振ってくれた。それだけで吾妻はうれしくなった。扉を閉めて小さくガッツポーズをしたほどだ。と目の前に、上司の宗方がいた。

「今日は何人きてる?」

「二人です」と吾妻は正直に答えた。

「まじかよぉ。ハナから期待しちゃいなかったけどよぉ。まさかここまでひどいとは思わなかったなぁ」

「どうしますか。最終試写の告知をもう一度、発送しましょうか？」

「いいよ。そんな金ないよ」

千通刷って送ってもたいした額じゃない。赤字確定の映画にびた一文だってかけたくないのだろう。宗方は根っからの体育会系で映画を知らない。会社に入るまでに観た映画は東宝チャンピオン祭りと東映まんが祭りだけと豪語するほどだ。こういうひとといると、映画が好きでこの業界に身を投じた自分が莫迦に思えてくる。

「莉田翁、きてんのか」

宗方はテーブルの上にあった試写のハガキ二枚を手にとり、宛名《あてな》を見て言った。

「上映前に首を垂れていたから、寝ているかもしれません」

「寝息たててたか？」宗方は縁起でもないことを言う。

「九十越えているだろうに、付き添いなしで、世田谷の家から通ってるんだからなぁ。最近じゃあ、どこの試写室でぽっくりいくか、ギョーカイ内で賭《か》けをしてんだ。称してリタルーレット。おまえも一口のるか」

「けっこうです」

そんな悪趣味な賭けにのるつもりはない。

「高坂女史もきてんだ。気をつけたほうがいいぞ、おまえ」

「なにをですか」

「女史、噂じゃ男日照りが続いているらしい。おまえなぞぱっくり食われちまうかもしんねえぜ」

できれば食われちまいたい。


映画が終わり、まずはじめに試写室をでてきたのは、藍子サンだった。

「どうでした?」

なるべく表情がゆるまないようにして、吾妻は訊ねた。

「おもしろかったわよ。ヒロインのご面相はいまいち」

「ミニラみたいですよね」

吾妻がそう言うと、藍子サンは驚いた顔つきになり、ははは と声をあげて笑った。

「あの太い眉、どうもなにかに似てると思ったけどミニラねえ」

おお、ウケている。吾妻はちょっと気持ちがよかった。

「おひさしぶり」

彼女のうしろからぬっとあらわれたのは莉田翁だった。

「おひさしぶりです」藍子サンはお辞儀をした。「いらしてたんですか」

「そいつはずいぶんとご挨拶《あいさつ》だな。試写室にあなたが入ってきたときからずっと熱い視線を送ってましたよ」

九十を越えているとは思えない切り返しだ。しかし熱い視線云々はあやしい。なにしろ首を垂れていたものな。

「こないだ、渋谷の試写室にいらっしゃったんですってね」と藍子サン。莉田翁よりも二十センチは背が高い。

「試写のハガキの宣伝のところに高坂藍子の名前があったんでね、会えるかなあと思ったらいなくてがっかりしたよ」

「あの映画のグッズの打ち合わせにでかけてたんですよ。そうだ、莉田さん、このあとなにかご用があります？　もしよろしければどこかでご飯、ごいっしょしませんか？」

ふたりが親しげに話をしているのは不思議には思わなかった。藍子サンもこの業界が長いのだ、莉田翁と知り合いであっても少しもおかしくない。しかし、これほどフレンドリーだとは。

「かまわんよ。あなた、いま観た映画、お好きでしょう？」

「莉田さんもお気に召したんですね」

莉田翁はオバサンのように口に手をあててほっほっほと笑った。

「あの」と吾妻は口をはさんだ。「ぼくも同行してよろしいですか」

「あたしはいいよ。どうです、莉田さん」

「並木通りに炭火焼きの店があります。あそこはおいしかった。以前、出版社の方に連れていってもらいました」

つまり今日はそこでご馳走になりたいというのだろう。はたしてどれくらいの値段なんだ。そもそもこのひとをおごって会社はお金をだしてくれるものだろうか。ださないよな。追加の試写のハガキ代をしぶっているのだ。どうしたものか。

悩んでいると、莉田翁と藍子サンはエレベーターにむかって歩きだしていた。吾妻はあわててあとを追った。

閉まりかかっていたエレベーターの扉を、藍子サンは右腕をつっこんで開いた。

「莉田さん、早く乗ってください」

「あなたもあいかわらずだね」と言いつつ、莉田翁は中に入った。そのあとに吾妻は続いた。

「ここのエレベーター、超のろまでしょう。一度乗り損ねると、つぎくるのを待つのイライラすんですよ」

エレベーターはそれに抗議するかのように、ががと音を立てた。

九十を過ぎているはずの老人は健啖家《けんたんか》であった。炭火焼きの店で、莉田翁は肉でも野菜でもむしゃむしゃ食べた。生焼けの牛肉を食べるさまは、壮観ですらあった。

今日の映画について話をしている最中、莉田翁が唐突にある映画監督の名を口にした。ハリウッド黄金期の巨匠だ。なぜその名がでるかわからず吾妻は相槌《あいづち》すらうてなかった。しかし藍子サンは「やっぱりそう思いましたか」とうなずいた。「あたしも途中で気づきました」

「あなたは、今日の映画の監督の前作をご覧になっていますか」

莉田翁は藍子サンの胸の谷間をのぞき見しつつ言った。エロ爺。

「いいえ。日本で公開されてます？」

「いやいや、日本では未公開です。ビデオにもDVDにもなっていません。私はアマゾンで本国のDVDを購入して観ているのですが」

「え？」と吾妻は思わず声をあげてしまった。

「なにか？」莉田翁は穏やかな微笑みを吾妻にむけた。

「い、いえ」じつは吾妻は同じものをネットで買おうかどうしようか悩み、会社はお金をだしてくれそうもなく、自腹を切るのが嫌でやめたのだ。

「こんなジジイがネットで買い物をするのがおかしいですかな」

莉田翁の言葉には毒があった。

「と、とんでもないです」

「で、その前作がどうかしました？」と藍子サン。吾妻に助け舟を出したのか、それともその映画について知りたかったのかはわからない。

「前作がこの監督のデビュー作なんですよ。同じ学園ものですが、他校から転勤してきた気難しい堅物《かたぶつ》の女教師を、ある男子学生が口説《くど》くという話なんです」

「ああ」藍子サンは、さきほど莉田翁が言ったハリウッドの巨匠の代表作を挙げた。

「それとまるっきり同じ話ですね」

「そうなんですよ」莉田翁はにっこりと笑った。「今日の映画もそのひとの影響をだいぶ受けてました。もちろん本家の足元にも及びませんが、よく勉強している。ストーリーもさることながら、ショットもいくつか真似をしておりました」

「そこまでは気づきませんでした」と藍子サンはちょっと残念そうだった。

「今日の映画はまだ試写がありますか」

莉田翁が訊ねてきた。吾妻は口にふくんでいたビールをごくりと呑むと、「あと三回ばかり」と答えた。

「そうですか。もう一度、観ておきたいものです」

「ぜひ」吾妻はうなずいた。まさに枯木も山の賑わい。

「あたしももう一度観ます」と藍子サンが続いた。

「ぜひぜひ」今度は二度、うなずいた。

「パンフレットってもうできてるの？」藍子サンは完全に仕事モードだ。「せっかくだから莉田さんに原稿書いてもらったら？　他にだれか決まってるの？」

「つくらないんです」吾妻は釈明した。「予算、ぜんぜんないんで」

「なぁんだ」

藍子サンの肩から力が抜けていくのがわかった。

「仕方ありませんね」と莉田翁はため息をついて、赤ワインを呑んだ。日本のビールは冷え過ぎて好かないと彼は言い、赤ワインを一本、注文したのだ。

「あ」藍子サンが叫んだ。「この映画の公式サイトはあるでしょう？」

「ありますが」

「だったらそこに莉田さんの原稿、載せるのはどう？」

どうと言われても。どうしてこうまで藍子サンが莉田翁の原稿にこだわるのか、わからなかった。生きた化石の言葉など推薦文にはなりゃしない。

でもまさか無駄ですと断るわけにもいかない。面倒を言いだした藍子サンを吾妻は少しうらんだ。

「莉田さん。いまのお話を元に、この映画の批評をお書きになったらどうですか」

「いやあ」幸いにして本人が気乗りしていないようだ。「そんなの書いたところで、ひとりよがりになるだけです。よしておきましょう」

ふう、助かった。

「そちらの若い方も」と莉田翁の言う若い方は吾妻だ。名刺を渡したものの、名前は忘れてしまっているのだ。おぼえる気がないのかもしれない。「いま挙げた巨匠の名などご存じないでしょう」

「彼の作品は大学のときにアテネ・フランセで観ました」

そんなつもりはなかったのだが、吾妻は力んでしまった。莉田翁は口に手をあて、ほっほっほと笑うだけだった。

「吾妻くんは大学んとき、映画研究会だったんですよ」と言ったのは藍子サンだ。「自分で映画も撮ってたし、批評も書いてたんだよね。あの会社の人間にしては、真っ当な映画ファンですよ」

「真っ当ですか」莉田翁は鼻で笑った。

「おれ、トイレ、いってきます」

吾妻はいたたまれなくなり席を立った。

トイレの洗面台の前でケータイが震えた。メールだった。美加からだ。写真が添付されている。

『お仕事がんばって』

文面はその一行だった。写真を開くと、目を閉じてキスをせまる顔の美加がいた。あこの長さが目立つ。

おれの気持ちがよそへむいているのに、気づいていないのだろうか。それとも気づいていて、引き止めようとしているのだろうか。

「かわいい子ですねえ」

「わっ」吾妻は悲鳴のような声をあげた。莉田翁が横から顔をつきだしてきたのだ。足音しなかったぞ。ドアの開く音も聞こえなかったし。あんたは妖怪か。

「これですか」莉田翁が右手の小指をたてた。

どう答えていいかわからず、「いえ、まあ」としどろもどろになった。

「シロウトですか」言葉の意味がわからず、吾妻はぽかんとしてしまった。「それともどこかお店の子？」

いつまでも莉田翁がケータイの画面をのぞきこんでいるので、吾妻は胸ポケットにしまった。

「ちがいます。普通の女子大生ですよ」

「赤線がなくなって以来、シロウトとクロウトの見分けがつけづらくなっていけない」

赤線がなくなって以来ですか。いったいいつからだ。

「するときみは高坂藍子とはなんでもないわけですな」

残念ながらと言いかけて、よしておいた。莉田翁の声が弾んでいるように聞こえた。

鏡にうつる彼のしわはさらに多くなっていた。歓喜をしめしているのかもしれない。残り少ないはずの色欲が蒸気となって匂《にお》いたっているようだ。

「きみ、そろそろ帰りなさい」

背の低い老人は、吾妻を見上げた。ずるそうな視線だった。このエロ爺め。

「は?」

「は? じゃありませんよ。年寄りに恥をかかせるつもりですか。二度、言わせないでください」そのくせ、莉田翁はもう一度、念を押した。「仕事があると言ってもう帰ってください。いいですね」

そして、ばんと彼の背中を叩いた。思った以上に強い力だった。

「私がどこの試写室で死ぬか、ギョーカイのみなさんで賭けていらっしゃるそうですね」

トイレからふたりで戻ると、莉田翁は吾妻にワインを注がせながら、そう言った。

「リタルーレット。あたしも一口のってます」

藍子サンがにこやかに答えた。吾妻は驚いてワインの瓶を落としそうになった。

「ほう」莉田翁が興味深そうに身をのりだした。「私はどこで死にますかね」

「今日の試写室がいちばん人気だってきいてます。なにしろ建物古いんで底冷えしますからね。噂では莉田さんがいらっしゃると、冬でも冷房かけるって話ですよ」

「そういえば今日も寒かった気がしますね」と莉田翁は言い、意地の悪い目で見るので、

「そんなことありません」と吾妻は否定した。

「今日、あたし、膝元がすうすうして寒かった」

「あなたが短いスカートをおはきになっているからでしょう」

莉田翁が下卑た笑いをする。

「ときどき、短いのはいて足をだしておかないと、気ぃ抜いちゃうんですよ。毛の手入れもしなくなっちゃいますし」

藍子サンは、莉田翁が見える方向に二本の足を並べてつきだした。老人の鼻息が荒くなっている。このまま、うっと心臓をつかんで倒れちまいそうだ。

「あたしの予想は」と藍子サンは日本橋にある試写室の名を言った。「あそこってほら、試写室の中に急な階段があるでしょ。そこでけつまずいてころんで、椅子の角にでも頭をあてて、ぽっくり」

「ぽっくり。いいですねえ」莉田翁はうれしそうだ。「ぽっくりいきたいもんです。よいよいになって他人に面倒みてもらうのだけは、願い下げだ。私は親族がいないんで、そうなったら世田谷のアパートで野垂れ死ぬしかないのですが」

このひとには奥さんも子供もいないんだ。その話を吾妻はだれかからきいた。

「藍子サン、ひとつ、お願いがあるんですがね」

「なんでしょう」

「私が死んだら喪主をしていただけませんか」

莉田翁は笑っているが目は本気だった。

「いいですよ」

藍子サンはずいぶんと軽く引き受けた。

「そのかわり、あたしが死んだら、莉田さんが喪主してください」

「あなたが私よりもさきにいくはずはないでしょう」

「そんなのわかりませんよ」と藍子サンが言った。しんみりとして小さな声だったが、はっきりとききとることができた。「このさきどうなるかなんて、わからないじゃないですか」

莉田翁は虚をつかれた表情になった。きっとおれも彼と同じ顔になっていると吾妻は思った。

藍子サンが莉田翁に右手の小指をさしだした。

「指きりしましょう。莉田さん」

「約束ですね」

「ええ。約束です」

老人と美女は、無言で指きりをした。テーブルの真ん中で炭火のちりちりと焼ける音だけが聞こえる。

他人のキスを盗み見たような気まずさが、吾妻をおそった。

それからしばらくして、莉田翁はテーブルにうつぶせになって、眠ってしまった。

「莉田さん、お酒、弱くなったなあ」と言いつつ、藍子サンはデザートを注文した。吾妻はなにも頼まなかった。

「平気よ、ここはあたしが払うわよ」

「い、いいですよ」

「莫迦ね、自腹じゃないわよ。まだ戦争映画のときの精算してないんだ。今日の領収書は日付いれないでもらって、テレビ局とでも呑んだことにして、そっちまわしちゃう」

なかなかたくましい。吾妻は茶そばを頼んだ。

「吾妻くん、煙草、吸ったっけ？」

「いえ、ぼくは」

「そっか。じゃ、我慢しよう」

藍子サンはワインの瓶をもちあげた。

「ぼく、注ぎますよ」

ワインはほんの一口しかなかった。藍子サンはそれをくいっと呑み干すと、げふとげっぷをした。

「吾妻くん、このあと会社、戻る?」

「いえ」鞄を会社に置きっぱなしだが、かまうものか。

「じゃ、ちょっとつきあってくんない?」

「いいわよ」

莉田翁は軽かった。もしかしたら四十キロもないかもしれない。だがそれでも、彼をおぶって、地下鉄の階段をおりるのは一苦労だった。日頃の運動不足もあるが、なにしろふだん呑みなれないワインがからだじゅうをかけめぐっているのがいけない。幾度か藍子サンに「かわろうか」と言われたが、「だいじょうぶです」と吾妻はやせ我慢した。

電車の中では親切なひとが席をゆずってくれたので助かった。降りる際は、藍子サンとふたりで担ぎ、ホームにでてふたたび吾妻が背負った。莉田翁はすうすうと寝息をたてるばかりで、まぶたを開けはしなかった。

駅をでると、藍子サンのあとをついて、246号沿いを環七方向へ歩いた。もう十一時近い。藍子サンは「あれ?」とか「ここじゃなかったかなあ」などと吾妻を不安にさせる独り言をときどき呟《つぶや》いていた。

「こっちだ。吾妻くん、こっちこっち」手招きをする藍子サンは少女のようだった。

「もうすぐだからがんばってね」

しばらく歩くと、車の音は聞こえなくなった。ここはどこだろう。静まり返った夜の町は、コンビニすら見あたらなかった。

「莉田さん、冷たくなっていない？」

先をいく藍子サンが振り返ってこう言った。

莉田翁の住むアパートは二階建ての木造だった。親と暮らす吾妻だが、大学時代は友達の下宿を泊まり歩いたものだ。それらとあまり変わらない、もしかしたら一ランク下の住まいだ。

部屋の鍵は藍子サンがすぐに見つけた。ショルダーバッグの脇のポケットに入っていたのだ。前も同じところだったわと彼女は言った。

ドアを開き、灯りをつける。小さなキッチンの奥に部屋が見えた。ビデオや雑誌、DVDなどがところ狭しと置かれ、足の踏み場がない。

「いちばん奥の部屋に寝床にしてる空間があるの。そこまで運んで」

藍子サンはヒールを脱がず、そのまま入ってしまった。吾妻もどうしようかと悩んだが、紐靴《ひもぐつ》なので脱ぐのがしんどい。藍子サンに従い、土足でお邪魔した。一歩踏みだすたびに、かならずなにかしらが爪先《つまさき》にあたる。そのたびに、積んであるものがごごと音をたてて崩れていく。

「気にしないでいいわよ」この家の主のごとく、藍子サンが言った。彼女自身、ほうぼうになだれを起こしていた。

いちばん奥の部屋の隅っこに毛布が積んである場所があった。莉田翁を背中から降ろして、そこに仰向けに寝かすと、ちょうどすっぽりおさまった。

「あたし、ここから歩いて帰るから」莉田翁のアパートをでて藍子サンが言った。「まだ終電、間に合うよ。じゃあね」

ひらひらと手を振って、藍子サンは去っていってしまった。こういうのを夜の静寂《しじま》に消えていくというのだろうなと吾妻は酔いの醒めた頭で思った。

このまま家に帰るか。それとも美加のところへいくか。藍子サンを追いかけるという選択肢もある。

だが吾妻はしばらく道端で佇《たたず》むばかりだった。

数日後、莉田翁と会った。こないだと同じ映画の昼の試写にふたたび訪れたのである。

「これ」と莉田翁は照れた笑いを浮かべ、試写室の前で紙袋をさしだした。「先日のお礼」

「なんです？」

「この映画の監督のね、デビュー作のＤＶＤ。それから私の原稿も入ってる」

「原稿？」

「この作品についての批評。どこかへ載せてほしいというのではありません。きみが仕事をするうえでなにかの参考になればと思いましてね。ジジイなのに老婆心とはこれいかにってとこですな」自分のつまらない冗談に、莉田翁は口に手をあて、ほっほっほと笑った。これはこれでバアサンっぽい。「高坂さんからケータイに連絡がありまして、きみに礼をするように言われたんですよ。いや、あれは脅しだったな」

「助かります」吾妻は素直に頭をさげた。「原稿は公式サイトに掲載させていただくかもしれません。そのときは連絡しますし、些少《さしょう》ですがお礼もさせていただきます」

「だったら新橋にうまいステーキ屋があるんだ。そこでおごってくれればいい」

試写室に入ろうとした莉田翁は、すぐにまた踵《きびす》を返し、吾妻の前に戻ってきた。

「冷房、かけてもらえませんか」

「外、暑かったですか？」十月でもこの二、三日は暑い。

「私もリタルーレットの賭け、のったんです。ここに」と莉田翁は試写室を指さした。

「賭けたんですよ」

どこまで本気なのだろうか。吾妻は莉田翁の顔をまじまじと見た。しかし、六十以上年上の人間の心理など、わかりようがなかった。

「勝てば葬儀代になります」

老人は凄みのある笑顔になっていた。

ケータイが震えた。美加からだった。

こないだの夜は結局、タクシーを飛ばして、彼女に会いにいってしまった。むろん抱いた。

ちぃん。エレベーターがきた音がした。

ケータイが震え続けている。

藍子サンもう一度、試写にくるって言ってたな。

彼女が降りてきたら、電源をオフにしよう。

がががが。エレベーターの扉が開いた。

昔の女

審査員なんて引き受けるんじゃなかった。

ステージに並ぶ水着姿の女の子達をぼんやり眺めながら、西村は心の中でぐちった。お台場の特設会場で開かれた青年誌の美少女コンテストは今年で五回目になる。年齢は十二歳から十五歳。よく考えてみれば良太と同い年くらいだ。子供が男でよかったと西村は真剣に思う。

今日は予選会だ。書類選考で選ばれた百人近い女の子をここで三人程度にしぼる。十人ずつ並んでもらって、端から名前とスリーサイズ、そしてマイブームなものについて、三十秒程度話してもらう。そのあと、審査員からいくつか質問となる。いまはCグループ。全部で十グループあるわけだから、まだまだ長丁場だ。西村はうんざりしてきた。

毎年、このコンテストの予選会の選考委員をつとめるのは、主催者の青年誌を発行している出版社が、クライアント様だからだ。コンテストに真実味をもたせたいので、選考委員の中にひとりくらい背広にネクタイのオジサンがほしいのだという。

真実味という言葉に西村は苦笑した。

おれなどいたら、かえって胡散臭《うさんくさ》いだろうが。

第一、西村はこの七、八年、会社でもノーネクタイだ。それを許す社風があった。いまこうしてあらためてネクタイをしていると、自分が自分の偽者になったようで居心地が悪かった。

舞台にあがっている子のうち、いちばん右端の子が気になった。白いビキニの彼女は胸に15と丸い札をつけていた。

こんな年端のいかない、下衆《げす》な言い方をすれば、ションベン臭い女の子達なんぞ、西村は興味がなかった。だが15はちがった。あどけない顔だが、からだつきはすっかりおとなだ。

しばらく15だけ見ていると、彼女が西村を見た。あわてて顔をふせてしまった。なにをしてんだかおれは。息子と同い年くらいの女の子を相手に焦ってどうする。

そのくせ、西村は彼女の目におれはどんなふうにうつっているのかと考えた。素敵なオジサマか、ただのスケベオヤジか。スケベオヤジだな。いまのおれは欲求不満が顔ににじみでていることだろう。

選考のはじまる前に、司会から西村はこう紹介された。

「大手広告代理店、デンパクドー第四営業部部長、西村貢《みつぐ》さん。審査員の中で唯一のサラリーマンでいらっしゃいます」

お義理の笑いが会場に起こった。予選会なので司会者は本業ではない。青年誌の若い編集者だ。サラリーマンという言葉に侮蔑がまじっているのが、西村は気に入らなかった。おめえもサラリーマンだろと西村は毒づきたくなる。司会の男は身なりはきちんとしているが、髪は茶色だ。今日のためかふだんもああなのかはわからない。

ふと西村は藍子といた男を思いだした。彼も髪を茶色に染めていたな。藍子はいまのカレシと言っていたが、どうだろう。

数日前、友人数人としゃぶしゃぶを食いにいったとき、藍子の話題になった。口火を切ったのはヒガシネマの宗方だった。彼と藍子と幾度か仕事をしていた。それどころか口説かれたと藍子自身からきいたこともあった。根っからの体育会系で、社会人になるまで映画は東宝チャンピオン祭りと東映まんが祭りしか観たことがない男だ。

四カ月ほど前、うちの仕事を高坂さんに手伝っていただきましてね。宗方は口元をゆるませながら言った。そのとき仕事をしたおれの部下が、アズマっていうんですがね、彼女に惚《ほ》れたようなんですよ。もちろんはっきりと口にはだして言いませんよ。言いませんけど、あれは絶対そうですな。一カ月以上もふたりっきりで行動していたんですから、情がうつったんでしょうなあ。

それが茶色に髪を染めたあいつか。

嘘だ。

あんな柔《やわ》な男に藍子は乗りこなせない。藍子と別れてもう十カ月以上になる。最後に彼女と寝たのもそうだ。それ以来、女と寝ていない。

煙草が吸いたくなった。だがここは禁煙だ。くる途中、駅の売店で買った黒砂糖飴を口にふくむ。だれかに膝をつつかれた。となりの作詞家の先生だ。放送作家だったかな。年は自分より十は下だろう。

「飴、もらえませんか」

脱毛しているのかと思うほど、つるんとした顔の彼は小声で言った。ステージでは美少女コンテストよりも相撲部屋の似合う女の子が、犬の物真似をしていた。それが彼女のマイブームらしい。西村はとなりの男に飴をひとつ渡した。

「あんなの書類選考で落としてほしいっすよね」

ふたたび小声で彼は言った。西村は愛想笑いをするのみだ。

「西村さんはどの子がいいと思います？」

さきほど紹介されたとはいえ、これほど気安く名前を呼ばれると驚く。あるいは以前に面識がある人物なのかもしれない。

「むずかしいですねえ」と西村は言葉を濁す。15とすぐ言えないのは、心の内を見破られるのが怖いからだ。

「ぼくは圧倒的に15だなあ」男は言った。犬の物真似は終わり、つぎの子が詩を朗読しだした。「あの子だったらいい映画撮れるだろうなあ」

映画？　するとこの男は映画監督か。さきほど司会者はどう紹介していただろう。どうもよく思いだせない。完全に聞き流していた。

15の番になった。彼女は不安な面持ちで自己紹介した。声がかすれていたので名前はききとれなかった。司会者が「ではきみのマイブームを教えてください」と訊ねた。

「ホラー映画」と15は消え入りそうな声で答えた。

「ホラー映画？」必要以上に司会者が驚いてみせた。15はからだを震わせ、大きな瞳は怯《おび》えていた。司会者は彼女の反応を喜び、「ナイスリアクションだねえ。でもそんなに怖がりで、ホラー映画観れるの？」と言った。

「友達に無理矢理観せられます。怖い場面はほとんど目をつぶってます」

15の顔は白くなっていた。

「いいねえ」となりの男が呟くのが聞こえた。

「ではなにかご質問ありませんか」

司会者が審査員席にむかって言った。となりの男が手をあげた。

「きみたち処女？」

冗談がきつい。壇上の子達全員の表情がひきつっていた。

二時過ぎに休憩となった。審査員控え室は、ふだんは会議などに使われているのか、大きなホワイトボードが部屋の隅に片付けられていた。中央に大きなテーブルがあり、その上にはまい泉のカツサンドと缶コーヒーが並べられていた。毎年同じ昼飯だ。

西村を含めた八人の審査員は思い思いの席に腰かけた。灰皿も準備されているので、禁煙ではないらしい。内ポケットにしまってあった煙草をだして、一服することにした。八人のうち、過半数がそうしている。いまどき珍しく喫煙率が高い集団だ。西村は禁煙していたのだが、この一カ月ばかり、また吸うようになってしまった。昔は外国のものをいろいろ試し、葉巻なんぞも吸っていた時期もあるが、再開してからはセーラムライトだ。

さきほど少女達を戸惑わせた男が、西村の横に座った。

「またおねだりしていいですか」おねだりという言葉をひさしぶりにきいた。「煙草、一本もらえます?」

そのときになって西村は、以前、彼と仕事をしたことがあるのを、ようやく思いだした。

「鳥羽《とば》さん、でしたよね」

西村から渡された煙草をくわえ、「ええ、ああ、はい」と男はうなずいた。ジッポで火をつけてやると、うまそうに吸いはじめた。

「コピー機のCM、お撮りいただいたの、何年前でしたっけ」

「三年前ぐらいですよ」

「あのときはお世話になりました」と西村は軽く頭をさげた。

「いえいえ、こちらこそ」つるりとした肌のせいで、鳥羽の表情はとても若々しい。バイトの大学生がひょっこり混じったかのようだ。三年前にも現場でその話をした記憶がある。

おれ、どこいっても学生だと思われちゃうんですよね。今日もこのスタジオに入ってくるとき、警備員さんにとめられちゃいましたもん。

あのときに今度、映画を撮るんですなんてことも言ってたな。

今日、映画監督と紹介されたからには、あれから一本ぐらい撮ったのかもしれない。

その彼が意外な言葉を吐いた。

「奥さん、元気ですか」

「え?」まい泉のカツサンドをとろうとしていた西村は、鳥羽の顔をまじまじと見てしまった。この男が女房、いいや正確には元女房の八重を知っているのか。

「CMの撮影現場にいらしてたじゃないですか」

「そうでしたか」この映画監督はなにか勘違いをしている。十五年にわたる結婚生活のあいだ、西村は元女房と出歩くことは滅多になかった。

「先日、ぴあのシネマフェスティバルでお会いしたんですよ。お見かけしたっていうのがほんとだな。その前にテレビでナチの格好してんのも見ましたよ」

ナチの格好。それで西村は合点がいった。

「彼女は女房じゃありません」西村はカツサンドと缶コーヒーを手許に寄せ、煙草を灰皿に置いた。「友達ですよ」

女房になるはずだった、と言ったところで相手を混乱させるばかりだろう。なんで藍子を女房と勘違いするんだ。そもそも名字がちがうじゃないか。

「そうだったんですか。撮影現場ですっげえ仲よかったから。仲いいっていうよりも、なんていうのか、もっと濃密な空気を醸しだしてましたよ」

三年前ならまだアツアツだった頃だ。そこで西村はステージに立っていた少女達の顔を浮かべた。あの子達はアツアツなんて言葉をつかうのだろうか。

西村がいちばん恐れるのは、時代とズレることだった。

迂闊《うかつ》に古い言葉をつかって若いひとに笑われるのは嫌だ。こないだは会議でうっかり「アベック」と言ってしまい、部下に失笑された。やつらは俯《うつむ》いていたので、顔ははっきり見えなかったが、笑っていたにちがいない。そのあと呑み屋ででも「アベックはねえよなあ」と話のタネになっていたかもしれない。

「そうでしたか。よくおぼえてませんねえ。彼女はフリーの宣伝マンですよ」

藍子の話はできればしてほしくない。ようやく忘れかけていたというのにだ。もしかしたらこの映画監督は、おれと藍子の関係を知っていて、からかっているのではないか。西村はそのほうがあり得ると思った。なにしろ藍子との不倫は、業界内では公然の事実だったわけだし。

「そうか、だからシネマフェスティバルの会場にいたのかあ。今度のおれの映画、宣伝してくんねえかなあ」

西村がカツサンドの箱をあけると、鳥羽はなんの断りもなく、手を伸ばしてそこからひとつとっていった。なんだ、この男は。

「おれ、このコンテストで大賞とった子を主演に映画撮ることになってんですよぉ。さっきの15番の子だったらやる気もでんだけどなあ」もぐもぐとカツサンドを食べながら、鳥羽は話し続けた。口の中の咀嚼物が目に入り、西村は食欲を失った。「そうだ、西村さんのお友達の女性なんか、彼女のお母さん役になんかピッタリだ。いっそのこと出演交渉しちゃおうかなあ。あのひとと連絡とれません?」

「もうずいぶん長いこと会ってないので」

どのくらい会ってないだろう。ナチの軍服を着た彼女を見たのが最後だ。

「でもケータイの番号ぐらいわかるでしょう?」

鳥羽はしつこかった。

「ほんと知らないんですよ」

もちろん知っている。だがだれがおまえのような男に教えてやるもんか。

「あれ?」部下のひとりが通り過ぎる西村を見て訝しい顔つきになった。「今日は美少女コンテストの予選ではなかったんですか」

「終わって帰ってきたんだ」

会社に立ち寄ることにしたのは、さして理由はない。美少女コンテストの会場から赤羽のマンションに直帰してもよかったのだが、あたりがまだ明るいので、そんな気分にならなかったのだ。会社にいけばなにかしら仕事はある。

「かわいい子いました?」とべつの部下がきいてきた。

とりあえず八人が選ばれた。15はめでたく残った。映画監督はよかったよかったと言っていた。

「例年並みってとこだな」自分の席につき、パソコンのスイッチを入れる。今日届いた封書のひとつを開こうとしたとき、ケータイが鳴った。液晶の画面を見ると、『良太』とあった。ひとり息子からだ。まわりの目を気にしつつ、でることにした。

「お父さん」

その声に西村は戸惑った。ずいぶんと野太くなったもんだ。

「なんだ」

「体育の日の約束、悪いけどキャンセルね」

その日、西村は良太をオペラに連れていくつもりだった。

「どうしてだ」母親になにか言われたのだろうか。

「お母さんの試合を応援しにいくんだ。お母さん、会社の草野球の試合にでるんだよ」

元女房の八重が、会社の野球チームに入っているのは知っていた。彼女は、中学、高校とソフトボール部でピッチャーだった。県大会でいいところまで勝ち進んだと本人からきいたこともある。大学では広告研究部とソフトボール愛好会を兼部しており、当時は彼女のでる試合を幾度か観戦にいったものだ。ふと、八重がマウンドに立つ姿を思いだした。

「それにみんなのぶんのお弁当、つくらなきゃならないし」

「みんなのぶん?」

「お母さんのチームのひと、みんなのだよ。最近のぼくの趣味、料理でね。だからオペラは勘弁して」

「だっておまえ、オペラのチケットどうする?」

「カノジョといけば?」息子の口ぶりは皮肉でもなんでもなかった。最善の方法をすすめているだけなのだ。

良太は離婚の原因を知っていた。父が他に女をつくったという事実をだ。

「莫迦をいうな。おまえのために買ったんだぞ」

「ぼく、オペラ興味ないもん」

「いまはなくて当たり前だ。わからなくても何度か観ているうちに、よさがわかってくる」

「いいよ、わかんなくて」

声が大きくなっていたようだ。まわりの部下達がこちらを盗み見ている。

「試合はどこでやるんだ?」西村は訊ねた。

「どこだろ?」とぼけているのではないようだ。「場所はまだきいてないや。ねえ、もう切っていい? 母さんと駅の中の喫茶店で待ちあわせしてるんだ」

「場所がわかったら連絡くれ。おれもいく」

「え?」

「おれもその試合を見にいく」

「マジで?」

電話を切ると、あたりを見回し、だれにともなくこう言った。

「息子からでね。あれだ。離婚するといろいろあるよ」

できるだけ自然に言ったつもりだが、自分でもぎこちないのはわかった。

マザコンめ。

そうならないためにも、ジェントルマンたらんとする英才教育を施そうとしているのに。親の心子知らずとはまさにこのことだ。

ひとり息子を、知識と体力を兼ね備えたイイ男に育てるのが、自分の義務だと西村は考えている。きっと良太は両親の離婚に心を痛めているだろう。その穴埋めでもある。面会日には映画や舞台、クラシックのコンサートへと連れていった。

これからはヨットに乗せたり、ゴルフも教えようと思う。一流の料理店にも同席させ、舌も人並み以上のものにしてやるつもりだ。なのにだ。

男子厨房《ちゅうぼう》に入らず、とは言わん。むしろこれからの男は料理のひとつでもできたほうがもてる。だがやるに事欠いて、チームのひとみんなの弁当をつくるなんて。もてないブス女じゃあるまいし。八重もさせるなというんだ。

西村は腹が立ってならなかった。

八重に電話するか。いいや、直接話をしたら喧嘩《けんか》になるだけだ。ここはひとつ冷静になろう。そうだ、メールだ。メールを送ろう。いや駄目だ。こないだ送ったら返送されてきた。ケータイとパソコン、いずれのメールも、元女房はアドレスをかえてしまっていた。

どうしよう。そうだ、会社のメール。あれはかえていないはずだ。家に帰れば、どこかに彼女の名刺がある。

体育の日に藍子との結婚式を挙げるつもりだった。名古屋人もびっくりの超ど派手で盛大なプランを立てていた。八重のときの反省をふまえ、またやりそびれたことを盛りこんであった。会場は月島に七月オープンしたばかりのホテルをおさえておいた。そこは西村の部署が広告を担当したのである。

キャンセルの電話を入れたときの気まずかったこと。相手と別れたとは言い難かった。結婚式ができなくなったとだけ伝えた。そのうちばれるだろうに、つまらぬ見栄を張ったものだ。

ほんとだったらいま頃、式の準備で大わらわだったはずだ。

だがどうなんだ、いまのおれは。

八時半に仕事を終え、酔客の多い電車の中で我が身を恨む。

この時間、以前であれば藍子を呼びだして、銀座のどこかで食事をしていただろう。彼女がマンションにいれば、タクシーを飛ばしていったにちがいない。二、三時間、彼女との密事を楽しみ、そ知らぬ顔をして深夜過ぎ家路についていた。

家族と暮らしていたマンションは慰謝料代わりに、元女房に譲った。ローンはまだ払い終わっておらず、全額払うのが離婚のときの約束だ。あと十五年は払わなくてはならない。西村は赤羽に新しいマンションを購入した。藍子との新居にするつもりだった。日本橋あたりのマンションにしたかったが、このさきのローンを考えると厳しかった。良太が二十歳になるまで養育費を払う必要だってある。

不動産屋にすすめられて買ったのが、赤羽駅から徒歩十五分、3LDKのマンションだった。冴えないがやむを得ない。

赤羽駅を降りて、マンションまでの帰り道、ファミレスに寄って夕食をとることにした。

家庭があった頃、西村はファミレスに入らなかった。

八重はかまわずファミレスやファーストフード店にも良太を連れていったようだが、西村はぜったいしなかった。そうした場所で食事をするのは、自分の男としての価値をさげるものだと思っていたからだ。

しかし家族を失ったいま、料理ができない西村の食生活はそのファミレスに頼らねばならなかった。

なぜファミレスというところは、なにを食べても同じ味に思えてしまうんだ。ハンバーグもステーキもカレーもスパゲティもピザもトンカツもうどんもそばも、洋食でも中華でも和食でも、みんな同じ味だ。うまくもなくまずくもない。お腹を満たされても満足感はない。食べる喜びはそこには存在しない。自分が車で、ガソリンを補給しているに過ぎないように思えた。今日の味噌煮《みそに》こみうどん定食もそうだった。

だがいまの西村にはそれでじゅうぶんだった。

そのあと、ツタヤでビデオを借りた。

映画ではない、AVだ。

これまでほとんど見たことはなかった。ひとり暮らしをして、借りるようになった。そうしたものに頼らずとも、性の処理はじゅうぶんできていたのだ。藍子だけでなく、何人かの女性と関係をもっていた時期もある。女に不自由な思いをいままでしたことがなかった。ほんの十カ月前までは。

一般客と仕切るのれんのようなものをくぐるとき、ある種の気まずさはあった。嫌なのはAVのコーナーにいる客の中で、自分がいちばん年上であるときだ。たいがいの場合、そうだった。

西村自身、四十になって、オナニーが唯一の楽しみになるとは思ってもみなかった。

高校三年で受験をしつつ、女の子を二股かけていた自分が嘘のようだ。

この世の中には人前で裸をさらして、男と絡み、ビデオ撮りされる子が星の数ほどいた。その中で西村はどうしても藍子に似ている女を選んでしまう。彼女と同い年だと、すでに『熟女』と銘打たれる。世間では三十六歳はそうかもしれないが、いささかさびしかった。

そしてまた今日の美少女コンテストの15の子の顔も思い浮かべていた。いくらなんでもそいつはまずい。西村はひとりAVコーナーで反省した。

藍子はなにかの打ち上げパーティーで出会いナンパした。その日にはケータイの番号だけを交換するだけに終わった。三度ほどのデートをしたのちに、藍子の三宿のマンションに泊まった。自宅にはクライアントの接待麻雀だと連絡は入れた。元女房はそれで納得した。以前にも幾度かつかった言い訳だ。元女房は疑いもしなかった。もしかしたら勘づいていたかもしれないが、いまとなってはどうでもいい。

藍子は薬指の指輪を気にしなかった。いろいろな女と浮気をしたが藍子とがいちばん相性がよかった。からだも気持ちもだ。

彼女が結婚を口にするようになったのはいつ頃からだったろう。

「あたしがあなた以上のいい男を見つけたら、結婚してもいい?」

まずは遠回しにこんな具合にだ。どうぞどうぞとふざけた口調で西村は答えていた。

やがてこういう言い方に変わった。

「あたしにはあなた以上のいい男が見つけられそうにないの。結婚してくれない?」

のらりくらりとした態度で断りもせず、あるいは受け入れもせず、しばらく関係を続けた。そうこうしているうちに藍子は意外な手にでた。この世でこれほど冴えない男はいないだろうとだれもが思うほどの、冴えない男と結婚したのだ。

まちがいなく西村に対するいやがらせだった。しかも披露宴の席でスピーチまでさせられた。会場には藍子と自分の関係を知るひとが大半だった。もしかしたら親族以外みんなだったかもしれない。

藍子は結婚後も、西村との関係は続けた。これに戸惑いながらも、西村はずるずるとつきあった。デブでチビでなんの取り柄もない男の腕に、彼女が抱かれると思うだけで、西村は気が狂いそうになった。

旦那のセックスはどうなんだとあからさまに訊ねたことがある。

藍子はベッドの上であぐらをかき、煙草を吸いながら答えた。

「最低よ。いままで寝た男のだれよりも」

ジャケットの写真では、藍子に似ていると思ったAV女優は、DVDで見る限りはさっぱり似ておらず、興醒めしてしまった。六十インチの大画面で見ると、より一層虚しい。このプラズマテレビも藍子のためと思って買ったものだ。

画面ではAV女優が裸で自己紹介を続けている。やはり似ていない。西村はリモコンを手にとり、停止ボタンを押した。ケータイで時間を確認する。まだ十二時過ぎだ。眠るには早い。

そうだ、八重の名刺。さがすまでもなく、新宿のコンランショップで購入した棚の中にあった。早速、ケータイでメールをうった。文面はごく単純に『良太のことで相談したいことがある』とした。

それがすむと、もうすることがない。シャワーでも浴びるか。

ガラス張りの浴室がふたたび虚しさを誘う。四十男がひとりで使うものではない。脱衣場には全身がうつる鏡がある。服を脱ぎつつ、おのれの老いていくからだを眺める。ジムには一週間に一度、通っているので、年の割には引き締まっているはずだ。だがいくら鍛えたからといってどうなるというんだ。

このさき、この部屋に女を連れこむ元気がおれにはまだあるだろうか、と西村は素っ裸の自分を見て考える。

藍子以上の女に出会い、フランス料理やらベトナム料理やら寿司やら焼肉やらを奢《おご》り、花やら服やら装飾品などのプレゼントを贈って、こっ恥ずかしい愛の言葉を囁いたりすることが、この後の人生にあるのだろうか。

鏡の中の自分に問いかける。どうするんだ、おまえ。最近はこんなことばかりを自問自答する。すべて長すぎる夜のおかげだ。

夜がこんなにも長くて、退屈なものだとは、四十になるまで西村は知らなかった。

キングサイズのベッドは藍子との新婚生活を想定して購入したものだ。あまりにも広すぎて寒々しい。幾度も寝返りをうったものの、将来について考えがめぐり、眠れずにいた。

いい加減うんざりして、腕立て伏せを三十回ほどするが、かえって目が冴えてしまった。寝酒のつもりでスコッチを一口呑むがあまり効果はない。といって深夜のテレビを見る気力もない。AVはもううんざりだ。結局、ベッドに横たわり、天井を見あげ、眠気がくるのを待つしかなかった。

おれがいま、ここでひとりでいる理由を知りたい。

和室でもないのに、木目の天井を見つつ、西村は思った。

原因はおれか。おれだけか。どうしても納得ができない。

昨年の十二月、クリスマス前に、藍子から電話があった。昨日、離婚したという。そしてこうもつけ加えた。

あなたとの関係もこれまでにしたい。別れたいの。

西村の頭の中では、どうしてそのふたつがいっしょに語られるのか、わからなかった。

理由を訊ねても藍子はなにも答えず電話を切った。それから半年、彼女にはいろいろと手段をとり、復縁をもとめた。しかし拒絶され続け、会うのもままならなくなった。

結婚だ。藍子にプロポーズをしよう。

今思えば、西村はずいぶんと順序を取りちがえていた。

まず結婚式の日取りを十月の第二月曜日、体育の日と決め、月島にあるホテルの式場をおさえてしまった。つぎに新婚後のマンションを購入した。そのうえで、八重に離婚しようと告げた。藍子についても話をした。八重は拍子抜けするほど、あっさりうなずいた。おまえは浮気について知っていたのかと訊ねてしまったほどだ。八重はいいえと答えた。

知りませんでした。なにをなさっている方ですか?

どうしてこの女はこんなにも冷静なのだろう。怒りを押し殺しているといったカンジでもない。事実を素直に受け止めているだけに見えた。ふだんから何事にも動じない女だ。でもいくらなんでも、この落ち着きぶりはおかしい。

子供はいませんよね。

つづけざまに八重は訊ねてきた。疑われて当然のことだ。そのへんはうまくやってきたと言いそうになり、言葉を飲みこんだ。良太をどうするの、とも言われた。そうか、良太か。赤羽のマンションには息子の部屋はなかった。きみに譲るよと答えた。

それからすぐ藍子のもとに走った。彼女はなぜかナチの格好をして、ミリタリーフェスティバルに参加していた。離婚をしたと言うと彼女はさして驚いた様子もなく、へえ、と気の抜けた返事をするばかりだった。

きみは、うれしくないのか。

西村はいら立ちを隠さず、詰問した。

あたしが？　どうして。

どうして、と言われ、絶句してしまった。その日に恵比寿のイタめし屋に誘って、そこで婚約指輪を渡す段取りを考えていたのに。

それ以来、藍子とは会っていない。幾度か連絡をしたものの、梨のつぶてだった。

闇の中で、西村の思考は一周する。

おれがここでひとりでいる理由。

つまりは藍子がおれをふった理由を知りたい。

あのときはチャパツ男とつきあっていることを匂わせていたがどうなのだろう。

寝ついたのがいつぐらいかはわからない。四時を過ぎていたのではないか。だが七時には目がさめてしまった。眠くはあったが、もう一度寝る気にはなれなかった。

朝食はとらない。これはひとり暮らしをする前からそうだった。早朝会議のためにいつもより一時間早くマンションをでる。専務の立案で、部長会議は早朝におこなわれる。以前はしんどかったが最近は楽だ。朝の空気がうまいとすら思う。

会社に着いて会議の準備をしつつ、ふと、元女房からメールの返事がないことを思いだした。西村は同じ文面をふたたび送った。それから机のひきだしから一通の葉書をとりだした。試写会の招待状だ。藍子といたチャパツ男の配給会社のものだ。会いにいくにも、なにかしら理由をかこつけていかなければと考えた末、試写室へいくことにしたのである。チャパツ男をとっつかまえて、問いつめるわけではない。ただ事実をたしかめたいだけだ。


早朝会議はいつもどおり、滞りなく終わった。試写は昼過ぎからだった。会議室をでて、憮然《ぶぜん》として歩いていると、肩を叩かれた。

「ちょっといいかな」人事部の部長だった。

「私、ですか?」

人事がおれになんの用があるというのか。部下のだれかが先走りして、辞表でもだしたのかと西村は思った。

「うん。社内だとなんだから、できればむかいのスターバックスがいいんだ」

嫌な目つきをされた。あまりいいことではないのはたしかだ。営業のフロアには戻らず、そのまま彼について表へでた。

人事部長は小声でもごもごとしゃべるので、ところどころ、「え?」とか「は?」と聞き返さねばならなかった。スターバックスが混んでいるというのもまずかった。

買収やら出資やら株主比率やらインターネット広告分野における広告効果測定業やらといった言葉が、人事部長の口からでてきた。なにを言いだすのかと思いきや、どうやら最近うちの会社が、とある会社を傘下におさめた話だった。そして子会社になったそこへ出向してほしいという。だれが？　と思わず言ってしまった。

「きみがだよ、西村くん」

藍子に別れようと電話口で言われたときと、同じ衝撃がからだに走った。

「ど、ど、ど」どうしてですかときちんと言えない。

「きみ、いま、赤羽に暮らしてるんだろ。その会社、大宮なんだよ。ここにくるよりも近いよ。朝の通勤も下りだから空いてるんじゃないかなあ」

古めかしい建物で、中一階といえばいいのか、入り口から階段を数段あがったところにエレベーターはあった。

ここのエレベーター、ひとつしかないうえにのろかったんだよなと西村は思いだす。

『上』のボタンを力強く押して待つことにした。

からだじゅうを探ったが煙草はなかった。会社に置き忘れたのかもしれない。

適当に仕事をすまし、昼前に会社をでた。書店や山野楽器で時間をつぶして、ここに訪れても、試写までまだ十五分あった。

黒砂糖飴がジャケットのポケットからでてきた。ひとつ口に放りこんだとき、ガタンと音がして、扉が開いた。だれも降りてこなかった。西村は中に入ると七階のボタンを押した。オフィスは八階で試写室は七階のはずだ。『閉』のボタンもぐっと押した。

ががが、と不快な金属音をたてて、扉は閉まっていった。あともう十センチで閉まる、といったところでぬっと白い腕があらわれた。

「ぎゃあっ」外で悲鳴が聞こえた。聞き覚えのある声だった。西村は『開』のボタンを押した。

「痛かったぁ」と言いつつ、藍子が入ってきた。そしてすぐさま西村に気づき、「あら」と笑った。昔と変わらぬ笑顔だった。

「どうしてここに？」

「映画でも観ようと思って」

「あなたが？」藍子の手にも試写状があった。「この映画を？」

「仕事の絡みもあって」ががががが。扉が閉まり、エレベーターは上へ昇りだした。

「ふうん」藍子は走ってきたようだ。額にうっすらと汗をかいている。どうしよう、だそうかハンカチ。そう迷っているうちに、彼女は自分のデイパックからハナエモリのハンカチをだしてふきとっていた。なぜ、ハナエモリなんだ？

「この映画の宣伝もしてるの?」西村は訊ねた。

「ううん。ちがうわ。でもちょっと宣伝に協力しようかと思って」

「ああ、そうなんだ」なにがそうなんだ? もっと大事なことを話すべきだろう? では大事なこととはなんだ? まさかここで復縁をもとめるわけにもいかないよな。でもいまこそ、絶妙のチャンスではないか?

がたん。

エレベーターがとまった。

がががががと扉が開く。

「お先にどうぞ」と冗談めかして藍子が言った。ああ、と答え、先に降りた。

チャパツ男がいた。試写室の入り口で、受付でもしているのだろう、小さなテーブルを前につっ立っていた。ケータイを手に持ったまま、こちらを見て、口をあんぐりとあけている。

何と間の抜けた面《つら》だ。こんな男が藍子の相手のはずがない。

藍子が降りて、扉が閉まりかけたとき、西村はふたたびエレベーターの中へ入った。

「急用思いだした」

がががががと扉が閉まるその隙間に、藍子の顔が見えた。

憐《あわ》れみの表情だった。

体育の日、快晴。車でいこうかと思ったが、電車にした。前日の夜、お父さん、ほんとに明日くるの？　と良太からケータイに電話があった。

いくともさ、と必要以上に力んで答えた。ファクシミリでもらった地図によれば、試合のあるグラウンドはバスで五分、徒歩で十五分だった。タクシーが駅前に並んでいるのを横目に、西村は歩いた。

大宮へは再来週の月曜から通う。来週は仕事や荷物の整理をしなければならないだろう。仕事の引き継ぎもある。あのあと、専務などにも呼ばれ、説明はあった。ようするに降格人事だ。どんな落ち度があったか、身におぼえがなかったがもうどうでもいい。

グラウンドには十時ジャストに着いた。まだ試合がはじまっていなかった。グラウンドの隅で十数人のひとが相談をしているのが見えた。真新しいスポーツウェアを着た良太が、西村に気づいた。手招きをしてなにか叫んでいる。八重もいた。白いユニフォームを身にまとった彼女は、凜々《りり》しく見えた。

「お父さん、お父さん、早く早く」

なにを急ぐことがあるというのだろう。しかし息子の要望だ、やや小走りで西村は彼らに駆け寄った。他のひとびとが一斉に自分のほうを振り向いたので、「どうも」と頭をさげた。

「あなた」と八重が言った。あなた？「うちのチーム入ってちょうだい」

「え？」

「人数がたんないんですよぉ、お願いします」見たことのない男が深々とお辞儀をしてきた。「あなたいれて、ようやく八人っていう体《てい》たらくでして」

「ぼくも入っているんだよ」と良太が飛び跳ねた。

「でもおれ、野球はちょっと」

以前にしたときを思いだそうとしたが無理だった。それほど昔のことだ。

「だいじょうぶですよ。あたしもルールよくわかんないのに、参加することになっちゃったんだから」

今度は女の子が笑って言った。キャバ嬢かと思うほど、朝の陽射しにはふさわしくない化粧の厚い子だ。

八重がグローブを放り投げてきた。西村はどうにかそれを受けとった。ナイスキャッチ！と良太が歓声をあげた。キャバ嬢も拍手をしている。ひどく莫迦にされた気分だ。

「おい、これ」グローブではなかった。キャッチャーミットだ。

「私の球を受けるのよ」八重が言った。不敵な笑みだった。

数人に手伝ってもらい、キャッチャーの防具を身につけることができた。ベースのうしろに座って、とりあえず構えてみた。マウンドにはもう八重がいる。

試合前の投球練習だ。

八重が大きく振りかぶり、右腕が円を描いた。ソフト投げかよとどこからか声が聞こえた。だがそれを気にしている暇はなかった。

どすぅん。

どうにか受け止めることはできた。手首から全身にしびれが走る。

くそ。負けるもんか。

ミットから球をとりだし、投げ返す。

「やるじゃない」球を受けとった八重はうれしそうに言った。

女房に、いや元女房にほめられるなんて思ってもいなかった。

十球ほどで投球練習は終わった。

西村の背中で審判をつとめる男が叫んだ。

「プレイボール！」

不敵の女

「なに、その格好」

受付窓口でチケットの枚数を数えていると、聞き覚えのある声が聞こえてきた。見なくてもわかる。麻衣子だ。

「べつにおかしくないでしょ」

藍子は紺色のスーツだった。ごくノーマルだ。三年前、新宿の伊勢丹のバーゲンで買った。

「似合ってないよ。そんなふつうの格好」

顔をあげ、妹を見た。これと同じようなやりとりを以前したことがある。学生時代かな。さほど昔のことではない。そうだ、ミリタリーフェスティバルのとき。

劇場へつながる階段を莉田翁と吾妻がおりてくるのが見えた。正確に言えば、吾妻が杖《つえ》がわりになって莉田翁を支えている。このふたり、今回の世田谷映画祭ではいつもいっしょだ。階段の途中で、吾妻は麻衣子を見て怪訝な顔をした。だれだか思いだそうとしているのだろう。

「こんにちは」と麻衣子は吾妻に手を振った。「ひさしぶりね」

「いやあ、どうも」挨拶をかえしたのは、なぜか莉田翁だった。吾妻の手を振り払い、階段をたかたかおりてきた。「何年ぶりですかなあ」

莉田翁は麻衣子に握手をもとめた。

「いつ見てもお若くてお美しい」

気圧《けお》されたのか、妹は右手をさしだしていた。莉田翁は両手で握り、上下に激しくゆさぶった。麻衣子の精気を吸いとろうとせんばかりの勢いだ。莉田翁のうしろにいた吾妻が、窓口にいる藍子を見た。どういうことです？　と言いたげな当惑の表情だ。さあ、と藍子は肩をすくめた。

「あのぉ、すみません」ようやく麻衣子は我に返ったようだ。「どちらかでお会いしましたっけ」

「会ったことないと思うよ」藍子が言った。「莉田さん、彼女、あたしの妹の麻衣子です。麻衣子、そのひとは日本、もしかしたら世界最長老の映画評論家、莉田平和さん。今回の世田谷映画祭の名誉委員長」

「映画評論家？」麻衣子は十センチ低い莉田翁を見おろした。「テレビでサイナラサイナラとか言ってるひと？」

「その方はもう亡くなってます」と吾妻が注釈をいれた。

「彼はわたしの弟子でした」

莉田翁はなんのためらいもなくそう言った。

死人に口なし。長生きしたもんの勝ちだな。


世田谷映画祭は今年で三回目だ。

藍子が参加するのははじめてである。宣伝を担当している映画が上映されたのだ。

こうなった経緯はいたって簡単だった。監督が世田谷区在住で、主催者である区役所のほうから彼のブログにメールが送られてきた。

「これも高坂さんのおかげですよ」

監督にブログをすすめたのは藍子だった。撮影日記を書く必要はない。日々思うことをつらねるだけでいい。短くても毎日続けること。宣伝効果があるかどうかはわからない。しかし、なんでもやっておかねばと藍子はお願いしたのだ。

監督は同じ映画祭の中でおこなわれるショートフィルムコンテストの審査員もつとめることになった。いままでもコマーシャルを多く撮っていて、そちらでは中堅の上クラスのひとだ。そういった意味ではふさわしい役回りといえる。映画など時間と金の無駄とまわりからとめられながらも、今回で二本目だ。

藍子は監督と連れだって、区役所にでむいた。そこで話をきいて、藍子からもいろいろ意見をだしているうちに、いつの間にか世田谷映画祭実行委員のひとりにさせられてしまった。莉田翁をひっぱりだしてきたのは、藍子だ。

映画祭は三月一日から三日の三日間、場所は世田谷区にあるすべての映画館で、新旧とりまぜた三十数本の映画を上映する。世田谷文学館で催しもある。カンヌやらベルリンやらのように賞はない。ただしショートフィルムコンテストでは、いくつかの賞があり賞金もでる。

藍子が宣伝担当の映画は昨日の夜、三軒茶屋の映画館で上映された。観客からアンケートをとり、大旨好評だったので、出演者や監督ともども胸を撫でおろした。

今日は最終日、藍子がいる場所は下北沢だ。元は木造アパートだった小さな映画館である。ここでは三日間、名誉委員長の莉田翁が選んだ戦前・戦中日本映画特集が組まれた。

莉田翁は毎日通い、トークショーをおこなった。ひとりでしゃべるのはしんどいと、藍子もでてくれとだだをこねた。しかし藍子は実行委員としてほかにこなす仕事も多く、とてもではないができない。そこで吾妻に無理を承知でお願いした。彼はふたつ返事で了解してくれた。莉田翁は不満そうではあったが、やってみるとなかなかしっくりきたらしい。いまでは杖がわりに吾妻をつかうほどだ。

「いま上映している映画はご覧にならなくていいんですか」

受付窓口から藍子が訊ねると、莉田翁は「ショートフィルムコンテストを観にいくんだ。一時半からだったよねえ」

ショートフィルムコンテストは、同じ下北沢で、べつの映画館にておこなわれている。ただしここからだと、やや離れている。莉田翁の足となると、吾妻がいっしょでも十分はかかるだろう。

「すいませんが」麻衣子は莉田翁に言った。「手ぇ、放していただけませんか」

「おっ。こいつは失礼」

莉田翁と吾妻はその場を去っていった。

「なに、あのじいさん」麻衣子は眉をひそめていた。「どっか、手、洗う場所ないかしら」

そこまで嫌わずとも。

「なんの用なの、今日は」藍子は妹に訊ねた。「そんなに時間とれないわよ」

昨夜、ケータイに電話があった。直接会って話がしたい、できれば明日と言い張る麻衣子に、家にはいないわよ、世田谷で映画祭の手伝いをしているからと告げた。そこへ一時にいくわ、場所はパソコンつかって自分で調べると、麻衣子は一方的に電話を切った。

「ここで立ち話だとなんだから」強気な性格ゆえか、話す相手から視線を外さない麻衣子が、今日はちがう。どこか上の空で、目が泳いでいる。「喫茶店でもいかない？」

「あたし、ここ離れられないのよ」いま上映しているのが今日、二本目。プログラムではあと二本あって、それぞれの回のチケットをもとめにお客がくるのだ。「受付ん中、入らない？」

そんな狭いトコ嫌だと言うかと思ったが、「いいわよ」と麻衣子は素直にうなずいた。いつもとちがうので調子が狂う。

「どこから入るの？　姉さん」

姉さん。三つ下のこの妹が自分を姉さんと呼ぶなんて、ほんとひさしぶりだ。なにかあったのだろうか。

「こっちよ」と脇のドアを開いて、招き入れた。

受付は二畳ほどのスペースしかない。丸椅子を麻衣子に渡して、「まあ、おかけなさいな」とすすめた。

「どうかしたの？」

藍子は窓口から外が見えるように立ったままでいた。いつ客がきてもいいようにだ。

「うん。まあ」妹の歯切れが悪くなった。「じつはさ」

麻衣子がなにか話そうとしたときだ。

「高坂さん」と呼ばれた。懐かしい声だった。視線を外にむけると、そこに卓がいた。

「こんちは」

「こ、こんちは」

「元気にやってます?」

「うん、まあ」

どうして彼がここにいるのだろう。事務所が近いからかしら、と思ったあとにすぐ、ちがう、彼はもうシモキタパンプスじゃないんだ、独立して吉祥寺に事務所をかまえているんだと気づいた。とするとなぜ。

藍子の心中を察したかのように卓は言った。

「三軒茶屋《サンチャ》の映画館で、映画観てきたんですよ。そこで映画祭のパンフ買って読んでたら、実行委員会のスタッフに高坂さんの名前見つけたもんで。そこのスタッフのひとに高坂さんの居場所訊ねて、今日はこちらで受付してるって教えてもらったんです。いいですか、いま?」

藍子は麻衣子をちらりと見た。

「あたしはいいわよ。じゅうぶん時間あるから」

「悪いわね」

卓は中をのぞきこみ、「すいません」と麻衣子に会釈をした。このふたりは結婚式のとき、会っているはずなのだが、どちらも相手がだれだかわかっていないようだった。

「じつはぼく、本の装丁の仕事で、賞をいただいたんだ」

「すごいじゃない」そんなことを自慢しにきたのだろうか。

「一般のひとは全然知らない賞なんだけど。一応、なんつうのかな、デザイナーとして一人前ってことを認められたんだ」

「あなたはずっと前から一人前よ」

卓は驚いた表情になった。「あ、ありがとう」

「そうだ、この映画祭でプレミア上映した映画があってさ、あたしが宣伝してるの。それのポスターつくってくんない?」

つい言ってしまった。脳裏に卓の彼女の顔が浮かぶ。できるだけさりげなく、卓の左手を見た。

結婚したんだ。

「高坂さん、ぼくんとこに仕事を発注するよう、いろんなひとに言ってまわってるらしいね」

「え?」吾妻が言ったのだろうか。あれだけ黙っておくように言ったのに。「それはあの、こうよ。だれかいいデザイナーいないかきかれたら、あなたの名前を挙げてるだけよ」

横から「あっ」と声が洩れた。麻衣子だ。卓を思いだしたのか。

「それはありがたいんだけども」

けども？　なんだ？

謝られても、あたし、あなたのこと許しません。一生許さないと思います。

池上真紀、いまは湯川真紀である女性はそう言った。

「賞のおかげで本の装丁の仕事が増えて、忙しくなったんだ。しばらく映画の仕事はしないつもり」

「あ、ああ。そうなの」

「だから、もういいから」

「うん」

卓は右手をあげ、「じゃあ」と去っていこうとした。

「あのさ」藍子は呼び止めた。もう卓とも一生、会うことはないだろう。

「なに？」

「最後の日に水かけちゃったでしょ、あたし」

卓の目が細くなった。そのときのことを思いだそうとしているのか。

「ああ。あれね。うん」

「ごめんね」

「全然気にしてないよ、だって高坂さん、酔っぱらってたじゃん」

「元亭主」卓がいなくなってから、麻衣子は藍子を指さして言った。

藍子はうなずきもせず、ハイライトをくわえた。

「よしてよ。こんな狭いとこで吸わないで。匂いが服につくわ。これ、こないだ代官山で買ったばかりなのよ」

おっと、いつもの妹に戻った。

「父さんも母さんも、すっごく気に入ってたわ、彼のこと。離婚したときなんか、母さんからあたしんとこに電話きてさ。藍子はどうしてあんないいひとと別れたのか、おまえは理由を知らないのかってさんざんぱら言われたんだから」

はじめてきく話だった。

「あたしに直接きけばいいのに」

つい先日も実家に顔をだした。お金を借りにだ。九月に三軒茶屋のマンションから三宿のアパートに引っ越したときにも借りにいった。

「父さんも母さんも姉さんのこと、怖いのよ。だから結婚しなさいなんて言ってこないでしょ。ま、孫はあたしのほうでふたりばかしこさえてあげたからいいんだけど」

「あたしのどこが怖いのよ」

「美人で頭も切れて学校の成績もいい。何事につけてもパーフェクト。そういうのが自分達の娘だなんて信じられないとちゃいまっか」

怪しげな関西弁をつかって、麻衣子はふふふと笑った。

やはりいつもの妹とちがう。彼女の言葉に皮肉や悪意はなかった。憐れまれているようだ。いずれにしろ腹立たしい。


お客がきた。初老のカップルだ。

「家の近くにこんな映画館があったなんて知らなかったよ」と男が言った。「三時の回の映画を観たいんだが、どうすればいいのかね」

「いまのうちにチケットをお求めください。そして開映二十分前、こちらへチケットの番号順にお並びいただいて入場となります」

ずいぶんと面倒だねえと言う男の手には、いつの間にか財布があった。お金があって心に余裕があるひとにちがいない。

いや、どうかな。服は夫婦揃って上下ユニクロってカンジだ。

「いちばん下の娘が二十六でようやくお嫁にいって、いまはふたりっきりなんだ」

三十六でバツイチの藍子は、「そうなんですか」と言うよりほかない。チケットとお釣を渡す。

「わたしら見合い結婚で、一年後には子供がいたもんでね。三十年ぶりに、ふたりっきりになったから、いまいち勝手がわからなくて困ってる」それでも彼は幸せそうに笑っている。「いろいろサービスしてあげないと、最近は男のほうが捨てられちまうし」

「なによけいなこと言ってるの」と奥さんが叱った。むろん本気ではない。優しく慈しみのあるその瞳がなによりの証拠だ。

ふたりを見送り、藍子はさきほどの話を続けた。

「父さんはともかく母さんは自分のお腹を痛めた子でしょうが。あたしが自分の子だっていちばんよくわかってるはずでしょ」

「姉さん、安産だったのよ。陣痛も短くて、すぽんって生まれてきたんだって。妊娠中もつわりはたいしたことなかったし、あの子ははじめっから手のかからない子だって、よく言ってるわよ」

真似ているわけではないだろうが、妹の口調は母親そっくりだった。それが藍子を不快にした。こんな狭いところでむきあうからいけないんだ。ここに誘った自分を藍子は恨んだ。

「くらべてあたしは親にずいぶん迷惑かけてきちゃったよなあ。中学んとき、不良だったし、高三で担任の先生と駆け落ちしたりして。今回も」

今回？　それってどういうことと訊ねようとするとだ。

「おやま、だれかと思ったら高坂チャンじゃないのぉ」

聞き覚えのある甲高い声。窓口のむこうにパンチパーマの男と、ひげもじゃの外国人が並んでいた。

「宗方さん。どうも、おひさしぶりです。なんでここに?」

「もちろん、高坂チャンに会いによぉ。ははは。うっそだよぉん」

あいかわらずのノリのひとだ。

藍子は彼のとなりにいる外国人が気になった。どこかで見たことがあるのだ。どこだろう。写真かテレビで、とそこまで考え、ようやくわかった。映画監督だ。

「この方もしかして」

「ピンポーン、大当たりぃ」答えてないのに、宗方は上機嫌に言った。「彼の映画、来年うちの超目玉なんだよねえ」

「でもどうして」

「今度、彼、日本を舞台に映画撮るの。で、まあ、お忍びできてるってわけよ」

こんなうるさいひとがいっしょにいてお忍びになるのだろうか。

「一昨日から日本にいるの。そいでインターネットでここの映画祭を調べてさ、観たい映画があるっつうんで、おれがこうしてお連れしたわけよ。でもまさか、高坂チャンに会えるなんてなあ」

「あたし、この映画祭の実行委員、やってるんですよ」

「手広くやってんだねえ。チケットは一枚でいいよ、一枚で。おれ、観ないから。モノクロの映画観てると寝ちゃう習性があるんだ。しかも音がしないんでしょ。そんなの拷問だよ、拷問。彼が映画観てるあいだ、漫画喫茶で漫画読んでる」

さすが映画会社につとめるまで、東宝チャンピオン祭りと東映まんが祭りしか観たことのない男だ。かえって気持ちがいいぐらいである。チケットを渡し、入場についてさきほどのユニクロ夫婦と同じ説明をした。

「二時四十分ね。まだ四十分もあんのか。どっかで茶でもしばくか」

そして宗方は唐突にこう言った。

「あのさ、高坂チャン、いつまでフリーでやってくつもり?」

「いつまでってとくに考えたことないですけど」

「うちさ、今度、ひとり人員が減るのね。新人いれるつもりないんで、どっかほかの会社のヤツ、ひっぱってきてもいいんだけどさ。もしよかったらこない?」

思わぬ申し出に、藍子は動揺した。「あたしがですか?」

「うん。気心知れてて、仕事のできる人間って考えてたら、高坂チャンしかいなかったんだよねえ。明日にでもケータイに電話しようと思ってたんだけども。まあ、ここで会ったのもなんかのお導きかもしんないし。なっ」と宗方は映画監督を小突いた。

「ハイ、ソーデス」わかって返事しているとは思えない。

「考えさせてくださぃ」

「いい返事、待ってるよぉ」

「だれが辞めたんです？」

予想したとおりの名前が宗方の口からでた。「吾妻だよ」


「姉さん、いまのパンチパーマのオヤジって、映画会社のひと？」

宗方と映画監督が去ったあと、麻衣子が訊ねてきた。

「そうよ」と答えながら、藍子は吾妻について考えていた。彼はどうして会社を辞めてしまったのか。その原因の一端が自分にある気がしてならなかった。

本人に確認してみようか。いいや、そうしたところでなんだというのだ。所詮《しょせん》は他人の人生だ。吾妻がどう生きようとも勝手ではないか。

「フリーやめて、あのオヤジの下で働くつもり？」

あたしの知り合いなど興味がなかったくせに。今日はどうしたことだろう。

「まだわかんないわ」

「その気はあるってこと？」

「だからわかんないって」

麻衣子はさらになにか言いたげだったが、口をつぐんだ。頬をふくらませ、こちらをにらんでいる。三十三歳のする顔ではない。亭主の前でも同じ顔をするのだろうか。

「あんた、なにか言いたいことがあったんじゃないの？　早く言いなさいよ。あたしだって一応、仕事中なんだからさ」

「自分勝手」そう言って麻衣子はそっぽをむいた。どっちがよ。そのくせ妹はその場を動こうとしなかった。

「あ、あの」

客がいた。男の子だ。ずいぶんと若い。中学生ぐらいだろうか。

「三時の回のチケットですか」

「オバサン、高坂藍子さん、ですよね」少年は言った。

「ええ、はい」

彼はショルダーバッグから一葉の写真をとりだし、藍子にさしだした。

そこに西村がいた。目の前の少年と身を寄せあい、所在なげに立っている。テレビの番組で家出をした奥さんに、早く帰ってきてくれぇって呼びかけているみたいだ。

「きみは」

「旧姓西村、いまは大湊良太です。あなたに会いにきました」

「あたしに？」

良太はつづいて、なにか言おうとした。しかし麻衣子の存在がそれをためらわせたらしい。声をひそめ、こう言った。

「どこかべつの場所で説明させてください。とてもデリケートでプライベートなことなので」


べつの場所が容易に見つからなかった。どこの喫茶店も混んでいた。そのうちの一軒には、ドアを開いた途端、宗方と映画監督がいたので、見つからないよう逃げた。本多劇場のほうまで足を運ぶ羽目になった。

「ここでいいでしょ」

藍子はファーストフード店の前に立ち、そう言った。

「できればあっちで」と良太が指さしたのは、となりのカラオケボックスだった。それほど内密な話なのか。

「お金はぼくが払いますから」

なるほど、西村の息子だ。女に財布を開かせない。お父さんにそう教わっているにちがいない。

「いいわよ、あたしが払う」

藍子はカラオケが嫌いだった。元亭主の卓と一度だけいったなあ。あれはどこのカラオケボックスだったろう。あのとき卓は、ぼく、これしか唄えないんだよねえと、ばちかぶりの曲を唄っていた。

「良太くん、あたしとお父さんとの関係は」

「知ってます」

「そう。で、もうそういう関係ではないことは」

「父さんからきいてます」

「ふうん」

男を目の前にしてこれほど緊張するのは高校のとき以来だ。あのときの憧れの先輩はいまどこでどうしているだろう。

「さっきの写真はいつの?」

「去年、体育の日に草野球したとき、試合が終わってから撮ったんです」西村が草野球。想像し難かった。「母さんの会社のチームに、父さん、入ったんです」

この子の母さんとは、むろん、西村の奥さん（離婚したから元奥さんか）のことだろう。よりが戻ったというのか。

「今日も駒沢公園へ野球しにいってます。母さんがピッチャーで父さんがキャッチャーなんです。父さん、こう言ってました。おれは家族を失ってからファミリーレストランで食事をするようになり、離婚して元女房の女房役になったって」

どう反応していいかわからない。うなずくこともできやしない。ハイライトを吸おうとしたが、子供の前なのでやめておいた。

「オバサン、なんか飲みます？」と良太は飲み物のメニューを開いた。

さっきもオバサンって言ったな。たしかに彼からすれば、あたしはじゅうぶんオバサンだ。アイスコーヒーと短く答えた。

良太は壁にある電話の受話器を外し、「アイスコーヒーと、あとミルクあります？いえ、コーヒーに入れるんじゃなくて。ええ。ありますか。じゃ、ホットミルク。それぞれひとつずつ」と注文している。こういうところも西村といっしょだ。

「で」藍子はお尻をもぞもぞさせた。どうも落ち着かない。「なんであたしに会いにきたのかな」

「おれ、同じクラスの女の子の胸を触っちゃったんです」

良太がなにを言いだしたのか理解できず、「は？」と聞き返してしまった。

「先週の金曜日にです。うちのクラスにマッザキって子がいて、顔はブスなんだけど、すっげえ胸でかいんです。みんなの前で、そいつの胸触ることになって」

その話があたしとどう結びつくんだろうと思いつつ、藍子は「どうして？」と訊ねた。

「罰ゲームです。昼休みに数取団《かずとりだん》やってて、おれ、いちばん多くまちがえちゃったんで」

「なに、数取団って？」

「オバサン、めちゃイケ見てないの？」

やっぱオバサン扱いされんの嫌だな。

「ナインティナインのでしょ。知ってるわよ。でも見てないわ」

三十六歳の独身女性が毎週かかさず見るものではない。

「数取団というのはですねえ」律儀に説明しようとする良太を藍子はとめた。

「今度見るからいいわ。その罰ゲームで、あなたはマツムラさん」

「マツザキです」

「マツザキさんの胸を触ることになった。で、触ったの？」

良太は素直にうなずき、「こう、がっしりと」と両手を前にだし、胸をもむ仕草をした。

こういうところも西村に。うーん。似てないな。

「そしたらマツザキのヤツ、泣きだしたんですよ。その泣き顔がまたブスだったんだよなあ」

そこに店員がドアを開き、飲み物を運んできた。良太は口を閉じた。デリケートでプライベートなことを他人にきかれたくないのだろう。店員がでていくと話を続けた。

「おかげで大騒ぎになって、だれが呼んだのか、担任の先生も飛んできちゃって。なんでそんなことをしたのか問いつめられました。でも友達との罰ゲームだったとは言わなかったんです。そんなこと言ったら仲間外れになるし」

子供の世界もいろいろたいへんだ。

「だから衝動的にですって言っちゃったんです。そしたら放課後、カウンセリング室にいかされました」

「カウンセリング室？　そんなのが中学校にあるの？」

当然のように良太はうなずいた。

「常駐のカウンセラーに診てもらいました」

「へえ」カウンセラーなんてウディ・アレンの映画のなかでしか見たことがない。

「それはやっぱあれなの、きみがこうベッドっていうかソファみたいのに横たわって質問されるの？」

「横たわったりしません。机をはさんで、むかいあいます。たくさんの質問に答えなくてはなりません。父さんが浮気して、両親が離婚したことも話しちゃいました」

どうやら話が自分に近づいてきた。藍子は姿勢を正した。良太はミルクの入ったマグカップを両手で持って飲んだ。

「すると、カウンセラーはそれだと言いました。きみが性的衝動を抑えきれずに女子の胸を鷲《わし》づかみにしたのは、そこに原因があると。家族を崩壊させたお父さんの浮気相手への復讐心《ふくしゅうしん》が、そうさせたのだと言うんです」

良太の鼻の下に、ミルクの白いあとがついていた。まるでひげのようだ。注意しようと思ったが、かわいいのでやめておいた。それよりもだ。

「家族を崩壊させたお父さんの浮気相手って」

「もちろん、あなたのことです。カウンセラーはこうも言いました。このままだと将来、きみは性犯罪者になる可能性がとても高い」

いくらなんでもそれはオーバーではないか。

「そのひと、ほんとにカウンセラーなの?」

「ときどき朝のテレビでコメントしているぐらいですから、本物だと思います」

テレビでコメントする人間なんて信用できるものか。軍服を着てテレビにでたうえに、一夜づけでおぼえたことをまくしたてた藍子はそう思った。

「きみはその女性と直接、会って話をしなさい。両親が離婚したことがどれほどきみにとってつらい経験か訴えてきなさい」

「で、あなたはあたしに会いにきたわけ?」

良太が藍子の顔を見据えた。意志の強さがはっきりあらわれた精悍《せいかん》な顔だちだ。同い年だったら、恋に落ちたかもしれない。

「ちょっとちがうんです。それがきっかけというか」彼はふたたびミルクを飲んだ。うすくなっていた白いひげがふたたび生えた。「この件については母さんに報告しました。学校からも報告はあるんだけど、まあ、ぼくの口から伝えたんです。そしたら母さん、なんて言ったと思います？」

「さあ」

「莫迦莫迦しい」

あやうく藍子は吹きだしそうになった。

「テレビにでてくるひとなんか信用できないとも言ってました」

西村の奥さん（元奥さんか）でなければ、友達になれたかもしれない。

「でも母さん、そのあとしばらく考えて、そのカウンセリングはまったくもってナンセンスだが、後学のために会ったらどう？　ってすすめるんです」

「後学？　なんの？」

「はっきりと言葉にはしてません。でもたぶん、悪い女にひっかからないように、ということでは」

「悪い女？　あたしが？」

「そりゃそうですよ。あ、言っときますけど、ぼく、両親が離婚したからって、つらくはないんですよ。こう言うと強がりとか健気とか思われるのが、いやなんですけども。

もともと、うちの親父、家をあけること多かったし、浮気もしょっちゅうしてたから、ぼくにとってはずいぶん前からいてもいなくてもいい存在なんです」

いつだか西村が良太の話をしたことがある。

おれに似て、よくできた息子なんだ。

かわいそうに。あなたは息子にとっていてもいなくてもいい存在だったのよ。

「父さんにも同じ話をしました。母さんの言ったことも伝えたんです。そしたら父さん、オバサンの名前とケータイの番号を教えてくれました」

「あなたの両親はずいぶんと変わった教育方針なのね」

藍子は皮肉のつもりで言った。しかし良太はあっさり聞き流し、「ケータイの番号は変更したんですね。どうしようかと思ったんですが、試しに名前をパソコンで検索してみました。高坂さんにはファンクラブがあるんですね。そのサイトがあって」

藍子は自分のファンクラブとサイトの存在を知っていた。以前、莉田翁に教えてもらったのだ。ミリタリーフェスティバルにきた福井の三人組が運営しているらしい。

アイスコーヒーを一口飲んで、藍子は低くため息をついた。良太は視線を外そうとしない。刑事に尋問をされている気分だ。されたことないが。

「そこを見て、世田谷映画祭で実行委員をおやりになることがわかったんで、会いにきました。サイトの写真ではおかしな格好してたんで、どんなひとだろうと思ったけど、ふつうのひとでほっとしました」

「ああ。あの写真は」言い訳をしようとしたが、やめておいた。

「ぼくは父さんがあなたと結婚するんだと思っていたんです。じつは父さんについ最近、それについて訊ねたんですよ。そしたら、おれもその気だったんだが、相手に断られた。それどころか別れを宣告されたって言ってました」

子供にそこまで言う必要ないのに。どういうつもりなんだろ、あの男は。

「ほんとうですか」

「うん。まあね」そう答えるしかない。

「ではもう、オバサンはぜったい父さんの前にはあらわれませんよね」

「もちろんよ」

「父さんがオバサンのところにきても相手にしませんか」

「しないって」

「それをきいて安心しました」

良太の頬がゆるんだ。口元もほころんでいる。ほんとうに安心しているのだと、藍子にはわかった。もしかしたら西村は奥さんとよりを戻すのだろうか。そんな考えがよぎった。それを見透かしたように、良太は言った。

「父さんは母さんと復縁しないと言ってます。母さんも同じ意見です。ぼくもそれを望んではいません。いまのまま、三人でなかよくやっていけたらいいと思ってます」

ほんとうだろうか。マグカップを口につけ、ミルクを飲み干す少年を見た。

ああ、また白いひげが生えた。

二時半に映画館に戻ると、もう何人かのひとが並んでいた。さきほどのユニクロ夫婦もいる。

「姉さんがいないあいだ、けっこう客がきたわ」

受付に入ると、麻衣子がそう言った。そのあいだにもまたひとりチケットを売った。妹が働く姿なんてはじめて見た。ぎこちないが、活き活きしていた。

開場の時間になり、受付を麻衣子に任せ、藍子は外にでた。しばらくお客の入れ替えで慌ただしくなった。といっても定員四十名ほどの小さな劇場なので、たかが知れている。

「高坂チャン、おれ、映画が終わった頃、戻ってくるから、彼よろしく」

宗方が映画監督を置いていってしまった。

よろしくと言われてもなあ。

彼の席を確保してから、ロビーでこれから上映する映画について、簡単に英語で説明してあげた。英語なんてしばらくしゃべっていなかったので、相手に通じているかどうか不安だった。お客のうち、何人かは彼の存在に気づいてはいた。しかしまさかハリウッドのドル箱監督がこんなところにいるとは、理解しがたいのだろう。サインをねだりにくるひとはいなかった。


「だれだったの、さっきの子」

受付に戻ると、麻衣子にきかれた。どこで買ってきたのか、缶コーヒーを飲んでいた。

「あたしの子」と藍子。

「そう言われてみれば」妹は驚かなかった。「目元が似てるわ」

「冗談よ」

「わかってるわよ」

姉妹はそこで顔を見あわせ、くすくすと笑った。こんなこと、十年、いや二十年ぶりかもしれない。

「あたしになんか言いたいことあったんじゃないの」

「うん」そして妹はきっぱりとした口調で言った。「護《まもる》と離婚する」

それはどうやら冗談ではないようだった。

「へえ」

「姉さん、反応が薄すぎ」

「うまくいってたんじゃないの」

「そう見えるよう努力してただけ。護に女がいたの。それも浮気じゃないのよ。本気だっていうの」

「どこの女?」

「フランスの女。ほら、姉さんが変な格好して、映画のチケット売ってた日があるでしょ」

「あんたがあたしの写真、撮ろうとした日でしょう。そのあとフランス人と会食だって言ってた」

自分の言葉に、藍子ははっとした。麻衣子はにやりと笑い、藍子を指さし「ビンゴ」と言った。

「そのとき会ったフランス人の顧客の娘とさ、メールアドレスを交換していたのは知ってたのよ。その娘二十歳そこそこで、日本語は片言なわけ。護なんかフランス語まるでだめだし。そんなふたりがどうにかなるなんて想像できないでしょう?」

「でもどうにかなった」

「二週間前の日曜日、家族みんながいる夕食の席で、護が突然、こう言ったの。私はほんとの恋に出会った」

女性が社会に貢献できるのは、子供を産むことぐらいとのたまった男の台詞とは思えない。

「それから相手がフランス人だって話をしてね。きみたちにはたいへん申し訳ないが、私は彼女とパリに住むことを決意した、会社も辞める」

「辞めるったって社長でしょ、あのひと」

「でもその段階でもう辞めてたのよ。信用おける部下にぜんぶ引き渡したなんて平気な顔で言うの。あたしも子供もぽかんと口をあけたままだった。翌朝にはもう護はいなかったわ」

「五十間近のオッサンが、地位も名誉も家族も捨てて、二十歳そこそこのパリジェンヌのもとへいってしまったと」

「ブンガク的でしょう」麻衣子はうつろな笑みを浮かべていた。「まだ離婚届はだしてないんだ。もしかしたらひょっこり帰ってくるかもしんないし」

「帰ってこなかったらどうするの」

「もちろん、そんときのことも考えてあるわ。なにせふたりの子供、育てなきゃいけないんだから。姉さんも協力してよ」

「できるかぎり力になるけど」

「じつはあたし、会社つくろうと思ってんだ」

妹が働くということ自体信じ難く、しかも会社を立ちあげようとなるなど、まさに悪質な冗談だ。藍子は顔をしかめた。

「やあね。そんな顔しないでよ。あたしはけっこう本気なんだから」

「出資とかできないわよ」と藍子は言った。貯金は底をついていた。この映画祭の仕事などボランティアだし。

「わかってるわよ。お金は護にださせるつもり」

「どんな会社をやろうとしてんの」

「映画会社。洋画の買い付けとか配給、宣伝なんかをするの」

「そんなの無理でしょう？　第一、あんた、この業界のことなんにも知らない」と言いかけ、藍子は気づいた。「まさか協力しろっていうのは」

「この会社の社員になってくれない？　しばらくはふたりでやってさ。忙しくなったら、ひとを増やせばいい」

ムシがよすぎる。「つまりあたしはあなたに使われるってことなの？」

「そこが不満？　だったら姉さん、社長にしてあげてもいいわよ。それとも一月ごと交代でやる？」

無邪気に話す妹を諭すことも叱ることもできなかった。

「会社名も決めてんだから」と言う麻衣子はとても楽しそうだ。

「なんて名前？」

「姉妹社」

それじゃあサザエさんだよ。

世田谷映画祭のうちあげは、下北沢のつぼ八で九時過ぎからだった。藍子はここで卓に結婚を迫ったことを思いだした。よりによってどうしてこんなとこで、と呟くと、「すいません、予算がなかったもので」と区役所のひとに謝られてしまった。

狭い座敷に三十人以上が溢《あふ》れていた。

乾杯の音頭を、莉田翁がとり、宴ははじまった。最初のうちは各々の席でおとなしく呑んでいたのが、二十分もしないうちにひとが入り乱れだした。藍子もグラスを右手、瓶ビールを左手に、あちこちで酒を酌み交わした。しかし途中、疲れを感じ、座敷の隅のひとのいないテーブルに、腰を落ち着けてしまった。もっと精力的に動かなくてはならないのに、今日は駄目だった。

「どうも」目の前に吾妻が座った。彼はビール瓶を持っていて、藍子のグラスへ勝手に注いだ。

「へばるの早いんじゃないですか?」

皮肉ではない。吾妻は心配顔だ。同じ顔を昔、された気がする。他人の心配する前に自分のこと心配しろっていうの。

「いつ辞めたの、会社」

「だれからききました？」と言うので、宗方がきたことを話した。

「あんたのかわりに自分の下につかないかとまで言われたわ」

「はは。たしかにぼくより藍子さんのほうが、ずっと仕事できるからなあ」

「これからどうするの？」

「しばらくは」吾妻は莉田翁のほうを見た。ジイサンときたら、二十歳前後の若い娘をまわりに侍らせ、ご機嫌の様子だった。「莉田さんのもとで勉強させてもらおうと思って」

「映画評論家にでもなろうっていうの」

「さあ、どうですかね」

まるで他人事《ひとごと》だ。客観性とはちがう。自分のことにもかかわらず、真剣に考えられないだけなのだ。

「ぼく、できれば高坂さんみたいになりたいんですよ」

「あたしみたいに？　フリーの宣伝マンなんかろくな仕事じゃないわ」

「職業がどうこうっていうんじゃなくて。高坂さんって、なににも束縛されずに、自分が思うまま自由に生きていらっしゃるじゃないですか。とても憧れます。できればぼくもそうなりたい」

ビルの三階にあるその店は、でるとすぐ左側にエレベーターがあった。閉まりかかったその扉に、藍子は右腕をさしこんだ。むろん、扉にはさまれるのは覚悟の上。だがはさまれずに、扉は開いた。

おや、と思って中をのぞくと鳥羽がいた。藍子が宣伝を担当している映画の監督だ。彼が『開』のボタンを押してくれていたのだろう。

「す、すいません」藍子は頭をさげ、エレベーターに乗りこんだ。鳥羽はナップザックを背負っている。「もうお帰りになるんですか」

「ちょっと別件で打ち合わせがあって、いかなきゃならないんです」

つるんとしたゆで卵みたいな肌の映画監督はそう答えた。

「CMの？」

「ええ、まあ、そうです。高坂さんは？」

「あたしもちょっと」

「仕事ですか」

ひとりになって考えたいことがいくつかあった。だから逃げだしてきたのだ。

「そんなもんです」

エレベーターは一階についた。

「おれ、駅いきますけど、高坂さんは?」

「あたしは歩き」

「そうか。高坂さん、三宿ですもんね。豪勢だなあ。おれなんか世田谷ってもはじっこのほうだから」

豪勢なものか。この男は三宿にもワンルーム家賃七万二千円のアパートがあるのを知らないのだろう。結婚前も三宿ではあったが、2LDKで家賃はいまの倍以上だった。

「駅までごいっしょします」

鳥羽とふたりきりになることは仕事の上で、幾度かあった。口数が少ない男で、藍子が一方的にしゃべることになる。いまもそうだ。

今後の宣伝展開について話すと、鳥羽は、はあはあとうなずき、高坂さんにすべてお任せしますよ、と言ってくれた。

そしてこうつけ加えた。

「正直、高坂さん的には、おれの映画どうです?」

「どうって?」

「なんていうか、その、おもしろいですか?」

「だいじょぶですよ。昨日のアンケートの結果だってよかったじゃないですか」

改札口にのぼる階段の前で鳥羽は足をとめた。人が溢れかえるそこで立ち止まるのは、あきらかに迷惑だった。しかし鳥羽は気にとめている様子はなかった。

「客の反応云々じゃなくて、おれ、高坂さんの意見がききたいんです」

声のトーンから、はぐらかしたり、適当な受け答えは許さない気迫が感じられた。

彼の映画に関して、藍子はあまりいい印象はない。つくった人間の生真面目さが表面化しており、説教くさい。これでは若い客は呼べないと危惧《きぐ》している。だが藍子は嘘をついた。

「いい作品よ。宣伝が担当できてうれしいと思ってる」

これぐらいの嘘は平気でつける。そうでなければ、フリーの宣伝マンなぞやっていけない。

ニット帽をかぶり、薄く色のついた眼鏡をかけている鳥羽の表情は読みとりづらい。藍子の言葉を信じたかどうかはわからなかった。ただ低い声で、「ありがとうございます」と答え、階段を駆けのぼっていった。

茶沢通りをまっすぐにいき、北沢川緑道を左に折れ、しばらく歩く。下北沢周辺とちがい、このあたりは人通りも少なく、夜道は暗い。

三月でも空気が冷たかった。風はまだ冬のものだった。

藍子は淡島通りを渡ろうとしたが、信号が赤だったので歩をとめた。コートからハイライトをだし、口にくわえ、風に背を向け火をつけた。そして、ふと昼間に映画館に訪れたユニクロ夫婦を思いだす。

亭主を叱りながらも、奥さんが優しく慈しみのある瞳だった。

その瞳に藍子は嫉妬した。

同時にさきほどの吾妻の言葉が脳裏によみがえる。

なににも束縛されずに、自分が思うまま自由に生きていらっしゃる、だって。

たしかになににも束縛はされてはいない。

だからといって自由であるわけではない。

女がひとりで生きていくとはそういうことなのである。

信号を見あげる。青になっていた。

煙草をくゆらせながら、藍子はゆっくり歩きだした。

そして思う。

今度の土曜日、めちゃイケ見なくちゃ。

三年後の女

大湊良太の通う高校には図書館があった。図書室ではない、図書館だ。十四万冊の蔵書がある赤煉瓦の二階建である。はたしてこの図書館を学生が有効活用しているかどうかは甚だ疑問ではあった。

良太はいま、窓際のいちばん端の席にいる。そこから図書館の一階がほぼ全域を見渡すことができた。まばらにしかひとはいない。全員男子だった。それも「冴えない」「もてない」「イケてない」の、ないないづくしのタイプばかり。自分もまたそのひとりだと良太はわかってはいる。

大学の付属であるこの高校では、一応、制服はあるものの服装は自由で、なにを着てきてもたいがい許された。髪を染めるのも禁じられてはいない。女子の八割方は化粧をしている。ところがいま図書館にいる男子のほとんどは詰襟だ。なにを着てきてもと言われても、なにを着ていいかわからない連中なのだ。ファッション雑誌なんか手にとったこともないだろう。

良太はちがう。そこだけは線引きさせてもらうぜ、とばかりまわりの男子たちを見渡す。流行に敏感だったり、ファッションにうるさかったりはしない。あえていえば独自のスタイルを貫いているといったところか。良太のいでたちは黒無地のTシャツに革ジャンだ。今年の夏休み、地元のストアで連日、バイトして貯めたお金で購入したものである。できればズボンも革で決めたいところだが、冬休みのバイト代ではいまいち足りず、ジーンズで我慢していた。

詰襟の彼らが真面目に勉強しているかと言えば、それは三割程度だ。本を読んでいるのはまだましで、漫画雑誌を読んでいるのがふたり、残りはデスクに俯《うつむ》せで眠りこけていた。

偏差値六十五で入るのは至難の高校なのにこの有様だ。付属なので、大学へはエスカレーター式とまでいかずともそう大変ではない。九割方は大学へいける。だらけて当然と言えば当然だ。

良太も勉強をしているわけではなかった。ひとを待っていた。残念ながら女ではない。クラスメイトの美濃部《みのべ》大吉《だいきち》だ。今日はこれからふたりで吉祥寺のバウスシアターへ映画を観にいく予定だ。

高校は小金井市にある。最寄り駅は中央線の武蔵小金井だ。良太は世田谷の用賀に母とふたり暮らしで、用賀から渋谷は東急田園都市線、渋谷から吉祥寺は井の頭線、そこから中央線に乗り換えるというルートを利用している。美濃部は西国分寺だ。彼にすれば電車で反対方向ではあるのだが、ふたりつるんで、放課後は吉祥寺でよく遊ぶ。

教室をでるとき、美濃部に「おれ、第一視聴覚教室にいく用あるから、図書館ででも待っててくれよ」と言われたのである。

美濃部が親友かどうかはわからない。しかし将来、おとなになって高校時代に思いを馳せるとき、彼の顔がまっさきに浮かぶことはまちがいないだろう。

一年のときも同じクラスだったが、つるむようになったのは二年になってからだ。きっかけはこうだ。

今年の四月末、武蔵小金井駅前のデパートにある書店のレジで、映画雑誌を買おうとしていたとき、「大湊もその子、好きなの？」と背後から美濃部が声をかけてきた。「その子」とは映画雑誌の表紙を飾っているグラビアアイドルのことだった。

雑誌の中身はコアな映画ファンむけの濃厚な記事で埋め尽くされており、表紙ももっと渋めの、たとえばタランティーノやブルース・リー、女性にしたってアンジェリーナ・ジョリーやユマ・サーマンなどだった。ところがその頃はたてつづけに水着のグラビアアイドルだった。制服姿の美少女のときもあった。良太だってそういう子達がきらいなわけではない。でも小学六年から購入している身としては、この雑誌はそうした軟派な真似はやめてほしいと思っていた。半裸に近い格好のスカーレット・ヨハンソンやキーラ・ナイトレイが表紙であっても、堂々とレジにだす自信はある。でもグラビアアイドルや美少女は困る。恥ずかしい。そのときもレジ内の店員さんが女性から男性に代わったのを見計らって、買い求めようとしていたところだ。そこをクラスメイトに見つかるとは。

「毎月、買ってるんだ、コレ」

レジむこうの男性に金を払いながら、良太はそう言った。しかしそれは自分でも言い訳のように思えた。美濃部はちっとも聞いていなかった。「おれと趣味、あうじゃん」と言うばかりだった。

翌日、美濃部は表紙だったグラビアアイドル似で芸名が一字しかちがわないAV女優のDVDを学校に持ってきて、貸してくれた。ありがた迷惑ではあったものの、彼なりの誠意が感じられ、イイやつだと思った。

そんな美濃部は、小太り（本人曰《いわ》くプチメタボ）で運動神経が鈍いくせして、女に不自由することがなかった。選《え》り好《ごの》みをせず、手当たり次第くどくのがコツだという。

クラスの女子のあいだでは評判はよくない。はっきりと「キモイ」という子もいた。しかし美濃部に声をかけられないと、それはそれで「女としてマズイッショ」ということにもなっていた。

時折、美濃部が女を連れ歩いているところを目撃したり、出くわしたりした。渋谷とかあっち方面だと女の子のほうが詳しい場合があるからというのが理由で、彼はデート先を吉祥寺と決めていた。良太と吉祥寺をうろつくとき、明日のデートの下調べ、とこじゃれた店にふたりで入ることもあった。

「やっぱり、勝負は自分のフィールドでしなきゃね」

美濃部の言うことは常に正しい。こと、女に関してはなおのことだ。ただし良太は彼の教訓を生かすチャンスにいまだ恵まれていない。

美濃部の女は毎回、ちがっていた。選《よ》り取《ど》り見取りというよりも、どうやら一度はデートまでこぎ着けたはいいものの、その後は相手にされず、すぐさまつぎの女を探しているのが真相のようだった。

おっせぇなぁ、あいつ。第一視聴覚教室へなにしにいったのだろう。

課題図書の本を読もうと開いたはいいが、三ページ半で飽きてしまい、自然とアイポッドのイヤホンを両耳にしていた。聞くのは音楽ではない。今朝方、ダウンロードしてきたポッドキャストの番組だ。

女性漫才コンビ、アカコとヒトミがパーソナリティをつとめている『割れ鍋に豚汁《トンじる》』である。毎週水曜の深夜二時から三時の本放送とはべつに、番組終了後のおしゃべりがポッドキャストで配信されているのだ。ふつう十分程度、興に乗って三十分以上のときもある。今日のは十分を切っていた。いやな予感がする。

「ヒトミは最近、町中でサインとか握手、求められたことある？　あと、写メ撮っていいですかぁ、とか」

「ないない。アカコは？」

「ないんだよぉ。でね、こないだ世田谷線乗ってたら、女子高生が何人か集まって、あたしのほう、ちらちら見てなにか話してるの」

「そのオチわかった。スカートのチャックが外れていたんだ」

「ちがうちがう。アカコがどうとかってはっきりあたしの名前、言ってるのよ」

「認識はされてたわけ？」

「うん、でもね。様子がおかしいんだ。で、まあ、ここはひとつファンサービスと思って、近づいてったら、悲鳴あげられて、生きていたんですねって言われたよ」

「どういうこと、それ？」

「なんでもアカコとヒトミが心中したって噂《うわさ》がネットで流れているらしくて」

「心中？」

「逢魔《おうま》が時《とき》、世田谷線にばけてでるって話になっているんだって」

「じゃ、アカコ、あんた、幽霊だと思われたんだ」

「こんなぷっくり太った幽霊がいるもんかねぇ、ってなに言わせるのさ」

やはりいまいちだ、と良太はきびしい判断をくだす。自虐ネタはこのふたりにふさわしくない。とくにアカコは駄目だ。常にいわれのない自信に満ちているのが彼女の魅力のはずなのに。漫才のネタでやるぶんにはいいが、ラジオのフリートークではやめたほうがいい。シャレになっておらず、話している本人達もトーンが暗くなっていくのがなおいけない。

良太がふたりのことを知ったのは、五年前、小学六年のときだ。エヌ・エッチ・ケーで毎週土曜日の深夜に放送されている公開番組に出演していた。

古臭いスタイルのしゃべくり漫才だな。

はじめて見たときの良太の感想である。小さいデブのほうがする物真似もドラえもんやらルパン三世やら森進一やらというのもどうかと思った。番組は十組の芸人がネタを披露し、観客がそれを審査する。オンエアされるのは上位五組だけだった。アカコとヒトミは毎週、オンエアされるのが、良太にとってどうも納得ができなかった。それでも気にはなる。

そこで中学になってから、アカコとヒトミの漫才ライブを下北沢までひとりで観にでかけた。ちなみに良太は彼女達のみならず、テレビやラジオで気になった芸人はチェックして、生の舞台を観にでかけることにしている。趣味というより、そうしなければ気がすまないのだ。性格、あるいは体質といってもいいかもしれない。

アカコとヒトミがサイコーだった。それまでの人生でいちばん大笑いをしたくらいだ。テレビでは彼女達の実力は十分の一、いや、百分の一も発揮されていないのがよくわかった。

しばらくして、アカコとヒトミはラジオ番組のレギュラーを持つようになった。『アカコとヒトミの夢はカーネギーホール』略して『ユメカネ』だ。日曜の夜、十二時から一時間、日本放送でやっていた。テレビにでているときよりもマシだが、ライブに比べるとだいぶ落ちた。コーナーで読者からのはがきを読み、それについてあれやこれや言っているうちはいい。でもフリートークは駄目だった。それでも一年もやっているうちに、だんだんとこなれてきた。これから、というときに『ユメカネ』はおわってしまった。そしてさほど年月をおかずして、今度はトーキョー放送で新番組がはじまった。それが『割れ鍋に豚汁』略して『ワレトン』である。

「しかしなんだね。ヒトミ。あたしらもさぁ、デビューしてもう何年になる?」

「シアターQの初舞台踏んで足かけ六年にはなるはずだよ」

「それにしてはあたしら、世間様に知られてなさすぎじゃないの?」

「しようがないよ、ここ一、二年、テレビでてないし。心中したって言われてもしかたないね」

おれだったら、このふたりをもっとおもしろくできるのに。

良太は本気でそう思っていた。だれにも話をしたことはないが、良太の将来の夢は放送作家になることだった。そういう職業があるのをいつ知ったかはさだかではない。深夜のラジオ番組でパーソナリティのおしゃべりに、けらけら笑うひとがいるのはどうしてだろうと思い、それが放送作家だと認識したのは中学に入ってからである。雑誌や本、あるいはネットの情報などを読んでいるうちに、番組の構成や芸人のネタを考える職業であることがおぼろげながら理解できてきた。

ただいまだに、どうすればなれるものかはよくわかっていない。マスコミ系の専門学校に通うという手もあるらしいが、そんなところいったってしようがないとブログに書いている放送作家もいた。良太が好きなテレビ番組の構成をしているひとだ。

彼は十四歳のとき、好きな芸人をテレビ局で出待ちをして、弟子になろうとしたがせめて高校をでてからにしなさいと断られ、そのあとその芸人のラジオ番組へ毎週五十通、ネタのはがきを送ったという。そしてほぼ毎週採用されたうえに、高二の夏のこと、芸人から番組の生本番中、もしおまえが本気でおれの弟子になりたければ、すべてを投げだし、いますぐここにこい、と言われた。彼の住まいは茨城だったが、受けを狙って、東京まで自転車を漕いでむかったそうだ。

良太もそれにならって、さまざまな深夜番組にはがきをだしている。とくに『ワレトン』には力を入れていた。アカコとヒトミに気にいってもらおうというよりも、このおれがふたりをなんとかしてやろうという思いが強かった。この一年で平均月に二度は読まれている。

「今日はこんなところかな。アカコ、あんた、なんかまだ言いたいことがあればどうぞ」

「言いたいこと？　あぁ、そうだ。おい、抜け道ボーイ、どうした、おまえ」

良太はびくりとからだを震わせた。抜け道ボーイは良太のペンネームだった。

「おまえのはがき、ここんとこ、おもしろくないぞ」

な、な、なんだとっ。

「あたしん家《ち》の近所に住んでいるらしいけど、そんなことで依怙贔屓《えこひいき》しないからな。いいか。もっと精進してがんばるように」

「たしかに抜け道ボーイは一時期の冴えがないよねぇ。このままだとお花茶屋の第二夫人に負けちゃうよ」

お花茶屋の第二夫人も『ワレトン』の常連投稿者だ。

いやだ、ヤツにだけは負けたくない。

「お相手はアカコとヒトミのクール＆ビューティのほう、アカコと」

「経堂の弁当屋でバイトしているほうのヒトミでした。また来週」

く、く、くそぉ。アカコとヒトミめ。

ごん。いきり立つ良太の後頭部になにやら堅いものがあたった。

「痛っ」イヤホンをとりながらふりむくと、にやつく美濃部が立っていた。

「なにうなってるんだよ、おめえはよぉ」

うなっていたのか、おれは。

「なにしてんのよ、早く早く」「そんなせっつかなくてもだいじょうぶだって。試合はまだはじまってないっつうの」「早くいかないと、前のほう、埋まっちゃうよ」

でかける前に腹ごしらえしようと学食へむかう途中だ。良太と美濃部が廊下をちんたら歩いていると、その脇を女子生徒がふたり、走りすぎていった。その背中にむかって、美濃部は「廊下は走らなぁいっ」と怒鳴った。もちろんふざけてだ。ふりむく彼女達に美濃部は手を振った。相手にされなかった。ふたりはまた駆けだした。

「今日、大学のアメフト部がきて、練習試合があるんだよ」と美濃部が言う。

「へえ」

たしかに校庭からアメフト部の掛け声がする。放課後のこの時間には毎日のことだが、今日は少しばかり様子がちがう。女子の黄色い声も聞こえてきた。これからさきの人生でも良太がぜったい浴びることのないだろう声の種類だ。

「リョータには関係ねえか」と美濃部は笑った。

「おまえも関係ねぇだろ」

「おれは一年とき、アメフト部に勧誘されたもん」

「それだけだろ」

高校の名前をローマ字で一文字ずつ丁寧に叫ぶ女子達の声もしてきた。チアリーダー達にちがいない。

まさか自分が入った学校に、チアリーディング部があるなんて想像もしていなかった。一年のとき、おなじクラスで、ちょっとイイなと思っていた子が入っていた。いまも校庭で踊っていることだろう。告白なんかできやしなかった。彼女はあっという間にアメフト部のカレシをつくった。とんだ尻軽女だぜ。胸の内でそう罵《ののし》ると同時に、自分がイソップ童話のキツネのようだと思う。高い場所にあって手に入れられないぶどうを、どうせ酸っぱくてまずいに決まっている、と言うキツネだ。トンビに油揚げ持ってかれるのもキツネだったな、たしか。

学食ではキツネうどんを注文した。

「もっと高いもん、頼んでもいいよ」

となりで美濃部が言う。待たせた詫びに奢《おご》ってくれるというのだ。しかし高いもんと言ったって、学食では高が知れている。

「いいよ、これで」

「おれはカレーうどんにすっかな。おばちゃん。おれ、カレーうどんね」

カウンターむこうの調理場にいる白衣のおばちゃんに注文したあと、美濃部は「口紅、変えた?」と親しげに声をかけた。

「あら、やだ、わかるぅ?」

おばちゃんはかけうどんにカレーのルーをかけている。これがここのカレーうどんなのだ。

「わかるよぉ。いいよ、その口紅ぃ。三歳、いや、五歳は若く見えるねぇ」

よくもまあ、それだけ歯の浮く台詞を言えたものだ。良太はあきれるよりも感心した。大仰にいえば尊敬に値する。良太にはぜったいできない真似だ。この男であれば、校内にまよいこんできた雌猫にだって、いいお毛並みで、と誉めることだろう。女子に「キモイ」と言われながらもどこか好かれている理由がなんとなくわかる気がする。

ずうぅぅずずずずずぅぅぅ。

汁が散らないよう、うどんを啜《すす》る。いつ食べてもうまくない。うどんに限らずなんでもまずい。奢られてもありがたみが感じられない。

「まずいなぁ」美濃部がにやつきながら言う。「ほんとまずい。五臓六腑染み渡るほどのまずさだよ。口の中から食道、胃に至るまでカレーにファックされているかんじがたまんないねぇ。このあと明日の朝までどんなもの食ってもぜんぶカレー味になること請け合いだよ」

なんだ、カレーにファックされているって。でもなんだかわかる気がする。

学食にはふたりのほか、だれもいなかった。調理場のオバチャンも「きみたちさぁ、まだいるぅ？　あたし、アメフト部、応援にいきたいんだけどぉ」と声をかけてきた。

「食器は返却口に置いとけばいいからぁ」

「了解でぇぇす」美濃部が溌剌《はつらつ》と答える。そして「おれもアメフト部、入ればよかったかなぁ」とぼやくように言った。

「リョータさ。こないだの子、あれ、どうする？」

ああ、そのことか。すっかり忘れていた。

先週の金曜日だ。いつもどおり吉祥寺駅の構内にあるベッカーズで、美濃部とふたり、今日はどこいくべぇか、と相談をしていたときである。どうした話の流れでか、ついうっかり良太は、十七歳のクリスマスイブがひとりきりっていうのもなんだな、とぼやいた。本心を吐露したと言ってもいい。

すると美濃部はその場ですぐケータイをとりだし、メールを一斉送信したり、電話を五、六件かけたりしだした。相手は男女問わずのようだった。トップ成績の営業マンってこんなふうなのかもしれない。ケータイのむこうにいる相手と慌ただしく話すプチメタボの友人を見ながら、良太はぼんやりそう思った。

やがて一通り、連絡をすませた美濃部は、おれ、追加してくる、と席を立ち、クロワッサンのソーセージエッグサンドとフライドポテトのMサイズをトレーに載せて戻ってきた。途端に彼のケータイが鳴った。着メロはドラえもんだった。美濃部はメロディにあわせ、あんな子といいな、ヤレたらいいなと唄ってからケータイのボタンを押した。メールだったようだ。

紹介できる子いるんだけど。美濃部の口ぶりは紹介というより斡旋に近かった。

こないだの学祭で来てた子のしりあいのしりあいで、おれ、実際に会ったことないんだけど、いま、写メール、送ってもらったから見せてやるよ。

見た。微妙だった。

しばらく考えさせてくれ。そのときはそう答えておいた。

「まだ迷ってるの？」

美濃部は箸を置き、ジーンズのポケットからケータイをとりだした。そして助さん格さんのどちらかが黄門様の紋所をさしだすように、良太にケータイの画面をむけた。少しだけ心を動かされたが丁重に断った。

「マジでぇ？」

「ごめん」

「かわいいじゃん、この子ぉ。どこがいけないのさぁ」

「鼻が」

「鼻がどうした？　顔の真ん中に、ちゃんとついてるぞ」

「でかい」

「でかくないよぉ。これくらいふつうだよぉ。いや、言われればなんかでかいようにも見えるけど、むしろそれがチャームポイントになってるよぉ。それにおまえ、知らないのぉ、鼻のでかい女は胸もでかいんだぜ」

「それって、おまえ、鼻のでかい男が」良太は下ネタが苦手だ。そのあとは口を閉ざしてしまった。

「莫迦、ちがうよ。そいつはただの俗説だ。おれのいまの話はおれ自身の実地調査の結果だ。でかさだけじゃない。おれは女の鼻を見れば、胸の形もわかる。いいか、リョータ、女はな、鼻と胸はおなじ形をしているものなんだ。鼻のてっぺんが上をむいていれば、胸のさきも上をむいている。この子は」と美濃部はケータイの画面を自分にむけた。「ちょっと大きめの団子っ鼻だ。胸はDカップで団子みたいに弾力性に富んでいると思われる」

このあいだはできる営業マンだったが、いまは検死の結果を報告する法医学者のようだった。そんな知りあいいないけど。

「どうする?」

「いや、ほんと、ごめん」

「マジで? これで駄目って、リョータ、理想高過ぎ。身の程知れ、身の程」

余計なお世話だ。

「それより、ミノベ、おまえ、第一視聴覚教室、なんの用だったんだよ」

「ああ。それは」美濃部はバッグから紙をだし、テーブルに置いた。なにかの応募用紙らしい。よく見るといちばん上に『第六回世田谷映画祭　ショートフィルムコンテスト』とあった。

世田谷映画祭？

「これの高校の部に応募しようかと思っててさ。今日、この実行委員長ってひとが説明にきてて、それ、ききにいってたんだ」

「ふぅん」

「一ヶ月前から職員室前の掲示板にポスターが貼ってあったの、リョータ、気づかなかった？」

「うん」そんなところの掲示板など、これまで気にかけたことがなかった。

「なんで？　おまえ、映画、好きじゃん」

「好きだけど」自分でつくりたいと思ったことはなかった。「観るのとつくるのはちがうし」

「いや、じつはおれもそのポスター、見たことなかった」

「じゃなんで」

「この応募の話を」美濃部はとなりのクラスの女子の名を挙げた。校内でトップ3に入る美人だ。男子のあいだで人気は高いが良太は高飛車ないやな女だからきらいだった。いや、ほんとの性格は知らない。見た目、そう思うだけだ。要は好きだったチアリーダーの子といっしょ。酸っぱいぶどうだ。「昼休み、廊下で彼女がしててね。あたし、監督やるからいっしょにやろうって、友達誘ってたんだ。とりあえず彼女とお近づきになろうと思って、説明会でてきたわけ」

どうしておれを誘わなかったとは良太は言わなかった。誘ってもきっとおれはめんどくさいと言って断っていたにちがいない。

「ったらさぁ。説明にきてた実行委員長のネーチャンが激ヤバなんだ」

「どう激ヤバなんだよ」

「めちゃくちゃベッピンさん」ベッピンさんなんて言葉、この男からしか聞いたことがない。あ、アカコとヒトミもときどき言うよな。「目当てにしてた女子すらもかすんで見えるくらい。なあ、いっしょにやんねえか」

「なにを?」

「なにをって、ショートフィルム、撮ろうよ。ま、実際はフィルムじゃなくてビデオだけどさ」

「さっきも言ったろ。おれ、観るの専門なんだよ」

「そんなこと言わないでさぁ。コンテストに参加すれば、これからさきもあのベッピンさんに会えるんだよ。な？」

「考えとくよ」

「また、それかよ。考えるのはいいけど、いい返事してくれよな。ほんと、ベッピンさんだったんだから。あぁ、写メ撮っておきゃあよかったなぁ」

それから美濃部は汁を飲みだした。

「いやあ、まずい。じつにまずい」

「だったらやめとけって」

「二百八十円もするんだ、一滴だって無駄にするわけにはいかないよ」

「ミノベ、なんか飲む？　今度はおれが奢る」

「いまはなにを飲んでもカレー味になりそうだからなぁ」

「いらない？」

「いや。ここはあえてミルクココアをホットで」

なにがあえてなのかわからないが、良太はうなずき、学食の隅にある自販機にむかった。

ジーンズのうしろポケットにつっこんである財布をだす。蛇革だ。父が高校の入学祝いに買ってくれた。くっついているウォレットチェーンはおなじときに母からもらった。

ふたりが申し合わせたわけではない。良太からそれぞれに願ったのだ。

両親は離婚後のほうが仲よくやっている。父が母の勤める会社の草野球チームに入り、毎週日曜日にはふたりはかならず都内のどこかの野球場で、草野球をしている。中三の初夏あたりまでは良太もつきあっていたが、受験勉強でいそがしくなり、高校に入ってからもいかなくなった。なんとなくふたりの邪魔をしてはいけないように思えたからだ。

財布の中身をのぞく。千円札が二枚と小銭がわずかだ。見栄っ張りの父のことだ、財布の値段は訊ねなかったものの、たぶん五万はくだらないはずだ。

いったいいつになったらおれはこの財布の値段以上の金を常備することができるのやら。大学生になっても無理だろう。社会人になったらか。となるとあと五、六年はさきである。そのときだってあやしいように思う。放送作家はどれくらいの稼ぎがあるものか。茨城から自転車で上京した放送作家のブログには、はじめの五年は年収十万でいい方だと書いてあった。

自販機に小銭をいれ、ミルクココアのボタンを押す。

「あ、おれ、やっぱ、レモンスカッシュ」

美濃部が叫ぶ。もう遅いって、とは言わなかった。ミルクココアは自分で飲むことにした。

学食から校舎をぬけ、校庭の脇の道へでるととんでもない人だかりができていた。校舎に戻って、裏からでようと言いかけたときには、美濃部は「すいません、通してくださぁい」とひとをかきわけていた。やむなく良太はそのあとをついていった。

観衆の隙間に、チアリーダー部の子達の姿がちらちらと見える。あの子はいるかな。一年のとき、おなじクラスで、ちょっとイイなと思っていた子。酸っぱいぶどう。鼻の形はどうだったろう。それを確認するつもりはなかったが、足が自然と応援しているチアリーダー達のほうへむかっていきそうになった。

いけね。

くだらないことを考えていたら、美濃部を見失ってしまった。べつにいいか。さきにいったならば、校門で待っていてくれるだろう。

「すいませぇぇぇん、ちょっと道あけてもらえますぅぅ?」

どこからか女性の声がした。生徒にしては少し年がいっているように思える。女性の教師の数はわずかで、いずれでもないようだ。

「急いでるんですよぉ、あたしぃ。武蔵小金井駅を四時二十分にでる東京行き快速に乗らなくちゃいけないんですぅ」

こんな言い方、教師はぜったいしない。ほとんどのひとが試合中の校庭から声のするほうへ顔をむけた。良太もそちらをむく。赤いコートが見え隠れする。

「ほぉんと、申し訳ないです。すいませぇん。なんですか、今日は？　アメフトの練習試合？　へぇ、この学校、アメフト部なんてあるんですか。こんだけ人だかりができるということは、きっとお強いんでしょうねぇ」

女性の姿がはっきりと見えてきた。通りすがりにさまざまなひとに語りかけ、彼女のために開かれた道を歩いている。それはなぜか良太のほうにむかってきているようだった。

「できればあたしも観ていきたいなぁ。でも今日はその余裕、ないんですよ。いやはや残念至極。あれ？　ごめんなさい、校門はどっちですか？」

赤いコートの女性は良太に訊ねた。

なんてことだ。知っているひとだった。会ったのは一度だけ、それも三年前だ。父の浮気相手だったひとである。名前は高坂藍子。おぼえているのは彼女のファンサイトなるものが存在していたからだ。芸能人ではない。フリーの映画宣伝マンだった。ここ一年半ほどは更新が途絶えているが、良太はたまにのぞく。ミリタリーファッションに身をつつんだ彼女の写真を見ると、なぜだか切ない気持ちに襲われた。

いま、良太と藍子の顔の距離は三十センチない。

「ど、銅像が見えますよね」

「見えるわ」

「あれにむかって歩いていけば校門に着きます」

気づくと良太は中学の頃のように、はきはきと答えていた。藍子はにこりと微笑んだ。三年前に会ったときは三十五か六だったはずだ。するともう四十近くである。だが見た目は昔と変わらない。ファンサイトの写真よりも活き活きして若く見えさえした。どこか力強くもある。

「ありがとう」

藍子は向きを変え、歩きだしていた。すでに彼女がなにも言わずとも、ごく自然に道は開かれていった。

彼女はおれを父の息子だと気づいたろうか。三年前とはだいぶちがう。当時はいまより身長が十センチ低かった。むろん革ジャンだって着てやしなかった。会いにいったとき、おれはどんな服装だったか。中学のときの制服だったかもしれない。

良太は藍子のあとを追った。


「あっ。実行委員長さんっ」

人ごみからさきに抜けだしていた美濃部が叫ぶのが聞こえた。銅像の下にいる彼の視線のさきには藍子がいた。思いだした。三年前、藍子のもとへいったとき、下北沢でおこなわれていたのが世田谷映画祭だった。当時、藍子は実行委員のひとりだったはずだ。

美濃部の言う、ベッピンさんは彼女のことか。

「あの、コンテストのことで質問があるんですが」

美濃部はつづいてそう言う。ほんとにあるんだろうか、質問。藍子と話すきっかけをつくるためだけの口実ではないのか。

「ごめん、あたし、急いでるんだ。事務局へメール送ってちょうだい」

藍子は小走りになっていた。良太も駆け足になる。ふたりの距離はなかなか縮まらない。

「おい、リョータ。おれ、ここだぞ」

それはわかっている。百も承知だ。

「わりぃ、おれ、用事、思いだした。また今度な」

校門をでると、五十メートルはさきのバス停にバスが停まっているのが見えた。藍子はラストスパートとばかり、猛ダッシュで駆けだし、バスにひょいと飛び乗った。お見事っ、と誉め讃えたくなるほどだった。良太も少し遅れて乗り込んだ。ところがどうしたタイミングか、うしろになっていた右足が閉まるドアに挟まれた。

「あっ痛」こんなことははじめてだ。つい、大声をだしてしまう。ドアはすぐさま開いた。

「だいじょうぶですかぁ」

運転手の間延びした声がスピーカーを通して聞こえてくる。

「だいじょうぶです」

　そう答えると、ちょうど塀をはさんで向こう側にある校庭から大きな歓声がおこっていた。我が校が点をいれたのかもしれない。あのへんてこな形のボールをどうすれば点になるのか、アメフトについてなんら知識もない、良太は知らない。

藍子は運転席のすぐうしろに座っていた。赤いコートは目立つので助かる。

助かる？　なにが？

息を整えながら、良太は自問自答する。席に着くとバスはゆっくりと動きだした。


　良太は中二のとき、学内である事件を起こした。いま思えばたいしたことではない。友達との罰ゲームで女の子の胸を鷲掴みにしたのだ。学校に常駐していたカウンセラーに診断され、家族を崩壊させたお父さんの浮気相手への復讐心が原因と言われた。さらには、その女性に会って両親の離婚が自分にとってどれほど辛い経験か、訴えるようすすめられた。正直、そんなことをしたってしょうがないと良太は思っていたし、母は莫迦莫迦しいとまで言った。

　それでも良太は藍子に会った。

美人だった。このひとにはかなわないと思った。母も自分もだ。いったい父のどこがよくて、彼女は不倫をつづけていたのか理解できなかった。まあ、最終的には彼女から父を振ったのだが。

下北沢のカラオケボックスで、藍子と話をしたのは三十分足らずだった。良太は緊張していたが、彼女も頬がひきつっていた。途中、母の話をしたら表情が和らいだ。十四歳の子供に対して、彼女は終始、きちんとした対応だった。父とは会わない、父が会いにいっても相手にしない、と約束してくれた。最後には穏やかな笑みを浮かべていたのが印象的だった。

しばらくしてもう一度、会いたいと思うようになった。だが会ってどうしていいかはわからなかった。それでも無性に会いたかった。

その気持ちがなににいちばん近いか、最近、気づいた。

恋だった。


おれはいったいなにをしているんだろう。いや、それははっきりしている。高坂藍子を尾行しているのだ。ではなんのために?

藍子は武蔵小金井駅で快速の東京行きに乗った。中野からさき東京方面へお急ぎの方は、つぎの三鷹でお乗り換えください、車内アナウンスが流れる。良太はドアの脇に立って、窓の外へ顔をむけているものの、右斜め横、座席に座る藍子を盗み見ていた。

うなだれて眠っているかと思っていた彼女は、すくっと立ちあがった。三鷹で特別快速に乗り換えるのか。いったいどこまでいくのだろう。

それよりもだ。おれはどこまで追いかけるつもりなのだろう。どこかで彼女をつかまえて、おれのこと、おぼえてますか、と訊ねるつもりなのか。訊ねてどうする？　おぼえているわ。そう言われたら？　おぼえてないけど。そう言われたら？　わからない。まったくもってどうしていいか、わからない。

三鷹に着いた。良太が立つ反対側のドアが開く。藍子が降りていった。

どうする、おれ。まだ尾行をつづけるか。それともここでやめておくか。やめとけやめとけ。これ以上、やっていたらただのストーカーにすぎない。

そう考えながらも、足が動きだし、気づいたら電車を降りていた。

いない。

赤いコートがどこにも見当たらなかった。乗り換えるのではなく、ここが目的地で、階段かエスカレーターで階上にのぼり、改札口をでていったのかもしれない。

良太はほっとした。

いまから美濃部に電話をして、吉祥寺へいこう。映画にはぎりぎり間に合う時間だ。革ジャンのポケットからケータイをとりだそうとしたときだ。

「ひさしぶり」

耳元で囁かれた。

藍子だった。右横に立っていた。

「リョータくん、だよね」

「は、はい」

「きみ、あの高校だったんだ。説明会にはでていなかったよね」

「す、すいません」ついあやまってしまった。

「あやまることないでしょう」藍子は笑った。「背、伸びたね。それに革ジャンなんか着てるから、はじめ、だれだか気づかなかったよ」

「はじめって？」

「校門はどこかって訊ねたとき」

「ああ。え、じゃあ、いつ、おれだと」

「バス。きみ、足をドアに挟まれたでしょ。あんとき、もしかしたらって思ったんだ。そのあと、電車でおなじ車両に乗ってきて、あたしのこと、ちらちら見ていたでしょう。それで確信した」

すべてはお見通しだったわけか。

「まさか、あたしが気づいていないと思ってた？」

「あ、いや、あの」

「そういうところはお父さんといっしょね」

「え？」そういうところとはどういうところだろう。聞き返したかったができなかった。

「あたしを追いかけてどうするつもりだったの」

「それは、その」正直に答えることにした。「わからないです」

「わからない？」

「いまさっきは見失ったと思って、ほっとしていました」

藍子は目を瞬《しばたた》かせた。そしてまた笑った。艶っぽいと表現すべき笑顔だった。アメフト部にカレシのいるチアリーダーも、団子っ鼻の子も、ぜったいこんな笑顔はできないはずだ。

「元気だった？」

「はい。アイコさんは？」つい下の名で言ってしまった。

「どうにかやってる」

「これからどちらへいかれるんですか」

場所を訊ねたつもりだった。だが藍子は意外な答えを口にした。

「保育園へ子供をむかえにいくの」

「子供？　だれのです？」

「あたしのに決まってるでしょ」

「け、結婚なさったんですか」

「しなくても子供はできるわ」

え？　えええ？

相手を知りたかった。しかし名前をきいても、何者であるかわかるはずがない。

特別快速がホームに入ってきた。

「あれ、乗るの？」

「い、いえ」

「よかったらきみもショートフィルムコンテスト、参加してね」と言うと藍子は良太の尻をぱんと叩いた。

「じゃっ」

藍子が乗った特別快速が小さくなっていく。それを見送りながら、良太は叩かれた尻をさすった。革ジャンのポケットでケータイが震えている。きっと美濃部だろう。

ごめん、ミノベ。やっぱり今日はおまえにつきあえない。

おい、抜け道ボーイ、どうした、おまえ。

アカコの声が聞こえる。もちろん錯覚だ。それにしてははっきりしていた。

どうしたもこうしたもないよ。いま、おれは父とおなじ女におなじ目にあったところさ。

幻のアカコにそう答え、良太は藍子の鼻の形を思いだそうとしていた。
だが結局、満足に思いだすことはできなかった。

解説

宮下奈都

この人は女だ。ずっとそう思っていた。それにしてはずいぶんと男みたいなペンネームだな。山本幸久。幸久はいかにも男の名前であるようだけれども、実は「さっきゅう」と読む。さっきゅうが女の名前であるかどうかは微妙なところだし、ちょっと無理をして「さく」と読ませるのかもしれない。さくちゃんならいそうである。いや、いっそのこと幸久で「さちこ」。その線が濃いかも。

デビュー作『笑う招き猫』を読んだときから、そうやって折り合いをつけてきた。ペンネームについて。あるいは、自分の書いた長編をわざわざ男性名で発表した女性作家について。アカコとヒトミに笑ったり泣いたりさせられながら、ああ、この人は女に決まっている、そうでなければどうして女の気持ちがここまでわかろうか、と思っていた。

写真を見て、驚いた。どう見ても男に見える。眼鏡をかけた、頭のよさそうな男性の顔があり、それが山本幸久だという。これは違う、と私は断固として首を横に振った。これが山本幸久であるはずがない。なぜなら山本幸久は女なのだから!

しかし山本幸久は奥さんと一緒に世田谷文学賞に応募し、ふたり揃って入賞したのだという。なんとまだるっこしい伏線か。その、奥さんだ。ほんとうは、奥さんが山本幸久なのだ。つまりこの写真は、山本幸久のだんなさんだ。そう結論を出して私はひとまず安心することにした。そのうえで、山本幸久の小説をどんどん読んだ。なにしろこの人はデビュー以来、どんどんどんどん書き続けている。しかもそれがすべておもしろい。『はなうた日和』も『凸凹デイズ』もおもしろすぎてどんどん読んだ。ただ、『幸福ロケット』に至って、新たな疑問が芽生えた。主人公の心のありよう、その立ち居ふるまいにぶるぶる震えるほど共感できるのだ。小学五年生の主人公が自分で書いているみたいだった。私は自分が小学五年生の女の子だった頃のことをぶわっと思い出してしまった。もしかして、山本幸久って、女で、しかもこども？　だとしたら、すごい。いや、そうでなくても、じゅうぶんすごいんだけど。

そこでこの『男は敵、女はもっと敵』である。一読、ふふ、と微笑《ほほえ》まずにはいられなかった。もしかしたら、山本幸久、ちょっと男かも。この高坂藍子さん、男の匂いがプンプンするよ。煮え切らない男への当てつけに、自分の周辺でもっとも冴えない男を選んで結婚してしまう。そんな女、いるだろうか。ふふ。

しかし、いた。ここに。そう思わざるを得なくなったのは、

——切羽詰まってる？　で、なに、可哀想？　あたしが？

高坂藍子が当時の夫との会話の最中に自問する、その瞬間だ。その瞬間を軸に世界は転回する。主人公の高坂藍子像もぐるんと反転する。誰もが羨む美貌と才気の持ち主、しかしかなり高慢だった藍子が、鉄壁の殻を脱ぎ、生身の姿で隣に佇んでいることに気づく。そして、そこから話は俄然おもしろくなる。素になった瞬間の人の脆《もろ》さ、愚かさ、その逆に強さや可愛らしさも描かれ、脇役のはずの登場人物たちがにわかに呼吸をはじめる。藍子自身と、彼女を取り巻く一見普通の人たちの——その実、一癖も二癖もある人たちの——本音がぽろぽろと零《こぼ》れてきて、読んでいて妙にいとしく思えてくる。

大概の人には、いいところがあって、悪いところがある。きれいなところがあって、汚いところがある。それはそうだろうと思うけれど、よそで見るひとさまはそんなに簡単にしっぽを出したりはしない。きれいな人ならきれいなまま、悪い人なら悪い姿で、私たちの目の前に現れる。その裏に潜む、ちょっと狡《ずる》いところや小憎らしいところ、はたまたとんでもなく初心《うぶ》なところなんて、滅多に覗《のぞ》くことはできない。そうして私たちは日々、何食わぬ顔で次の場面へとうつってゆくのだ。お互いにわかりやすい部分しか見せあわないままで。

ところが藍子がふと素顔と本音を覗かせた瞬間から、まわりの人間も変わってゆく。変わってゆくのではなく、本来持っていたその人の人となりが曝《さら》け出されるということなのだろう。そこがこの短編集の読みどころだと思う。ただのいい人じゃない。ただの冴えない男じゃない。そして、ただの才色兼備じゃない。みんな、たくさんの面を持っている。そして、みんな、生きている。そのリアリティがある。

なんでミリタリーフェスティバルに現れて藍子のファンサイトを立ち上げる三人組は福井出身なのかとか、息子をいっぱしの男に育てたかったら歌舞伎やオペラに連れていくより先に女性を決しておばさん呼ばわりしないことを教えるべきなんじゃないのかとか、登場人物たちに本気でつっこみたくなっている。彼らに体温を感じてしまうのだ。

その体温が効いている、と感じるのは後の場面でだ。

たとえば、藍子と映画評論家の莉田平和《りたへいわ》との会話が素晴らしい。人気のない映画を試写した後の会話である。藍子と莉田平和は、その映画が実はある巨匠の影響を受けてつくられた意欲作であることを見破る。

それだけといってしまえばそれだけのことだ。彼らが見破ったからといって、どうなるわけでもない。莉田平和の書く批評はどこかに載るかどうかもわからない。藍子にとっては直接の仕事ですらない。それでも、一緒に観た作品について話ができる。お互いの眼力を認めあい、たたえあえる。もう一度試写を観ようと約束する。そういうところに、じいんと来る。そこまでに、素の蜜も毒もある部分を見せられているからよけい効く。莉田平和は憎めないし、藍子にはさらに親愛の情を覚えるようになっている。

それからたとえば、藍子にふられた西村が、離婚した元妻と息子と一緒に草野球をするくだりがある。無論ことはそう単純ではなく、いろいろ揉めた後でのことだ。草野球チームに引っ張られ、元妻とバッテリーを組むことになる。

「私の球を受けるのよ」八重が言った。不敵な笑みだった。（中略）

どすぅん。

どうにか受け止めることはできた。手首から全身にしびれが走る。

くそ。負けるもんか。

ミットから球をとりだし、投げ返す。

「やるじゃない」球を受けとった八重はうれしそうに言った。

やっぱり、じいんと来る。山本幸久の描くこういう場面はほんとうに素敵だと思う。藍子との不倫が原因で離婚した妻・八重と、西村はその後どうなるわけでもないだろう。その一瞬だけ雲が切れて、まっすぐに陽が差すような場面。以前に素の八重を垣間見ているからこそ、その瞬間がいきいきと輝いて見える。

陽が差すのも輝くのもほんのひとときであって、いつか目に見える形で実を結ぶとは思えない。報われることはないかもしれないが、では何の役にも立たないかというと、そうでもない。ささいな記憶が、生きていく糧になったりするのが私たちの人生だと思う。

そうなのだ。女の気持ちがよく描かれていることも大切だけれど、こういう何気ない一場面に生きるよろこびみたいなものが満ちているところが山本幸久のいちばんの魅力だと私は思う。


山本幸久は男であってはならなかった。男がこんなに女を理解できるわけがない。ましてそれを小説に書かれてしまえば、私が現在女であることのアドバンテージはどこにあるのか。そういう狭い了見を私は捨てることにした。

それでいまだに山本幸久が男であるか女であるか、知らない。どちらでもよくなった。ただ、この人の書く小説が好きだとあらためて確認しただけだ。

さて、文庫化にあたって新しく書き下ろされた一編は、「三年後の女」。そう、無敵の高坂藍子、実は敵だらけ、の三年後である。登場人物たちも三年ぶん年をとった。いかなる女性に対してもおばさんと呼ぶものじゃありませんと思わず説教したくなったあの少年良太が主人公である。三年後の彼がどんな男に成長したのか、あるいは成長しなかったのか。『笑う招き猫』のアカコとヒトミも重要な役まわりで登場する。アカコと、ヒトミと、藍子、そして母である八重。高校二年生になった彼は彼女らに大きく影響されてゆくに違いない。なんと頼もしいことか！　マイ・フェア・レディが男の夢なら、良太の成長譚は女の夢である。ああ、やっぱり。山本幸久は女なのだ。

この作品は二〇〇六年二月、マガジンハウスより刊行されました。
文庫化にあたって特別新作書き下ろし「三年後の女」を加えました。

集英社文庫 目録（日本文学）

諸田玲子　髭　麻　呂　王朝捕物控え
諸田玲子　恋　　縫
諸田玲子　おんな泉岳寺
柳　広　司　贋作『坊っちゃん』殺人事件
柳澤桂子　愛をこめ いのち見つめて
柳澤桂子　意識の進化とDNA
柳澤桂子　生命《いのち》の不思議
柳澤桂子　ヒトゲノムとあなた
柳澤桂子　すべてのいのちが愛《いと》おしい　生命科学者から孫へのメッセージ
柳田国男　遠　野　物　語
柳瀬義男　ヘボ医のつぶやき
山川方夫　夏　の　葬　列
山川方夫　安南の王子
山口百惠　蒼　い　時
山口洋子　この人と暮らせたら
山口洋子　なぜその人を好きになるか
山口洋子　愛をめぐる冒険
山崎洋子　横浜幻燈館　俥屋おりん事件帳
山崎洋子　柘《ざく》榴《ろ》館《やかた》
山崎洋子　ヨコハマB級ラビリンス
山田詠美　熱帯安楽椅子
山田詠美　メイク・ミー・シック
山田かまち　17歳のポケット
山田正紀　少女と武者人形
山田正紀　超・博物誌
山田正紀　渋谷一夜物語《シブヤンナイト》
山前譲・編　文豪の探偵小説
山前譲・編　文豪のミステリー小説
山村美紗　京都紅葉寺殺人事件
山本一力　銭売り賽蔵《さいぞう》
山本兼一　雷　神　の　筒
山本文緒　あなたには帰る家がある
山本文緒　きらきら星をあげよう
山本文緒　ぼくのパジャマでおやすみ
山本文緒　おひさまのブランケット
山本文緒　シュガーレス・ラヴ
山本文緒　野菜スープに愛をこめて
山本文緒　まぶしくて見えない
山本文緒　落　花　流　水
山本幸久　笑　う　招　き　猫
山本幸久　はなうた日和
山本幸久　男は敵、女はもっと敵
唯　川　恵　さよならをするために
唯　川　恵　彼女は恋を我慢できない
唯　川　恵　OL10年やりました
唯　川　恵　シフォンの風
唯　川　恵　キスよりもせつなく
唯　川　恵　ロンリー・コンプレックス

集英社文庫 目録（日本文学）

S 集英社文庫

男《おとこ》は敵《てき》、女《おんな》はもっと敵《てき》

2009年4月25日 第1刷
定価はカバーに表示してあります。

著 者 山本幸久《やまもとゆきひさ》
発行者 加藤 潤
発行所 株式会社 集英社
東京都千代田区一ツ橋2-5-10 〒101-8050
電話 03-3230-6095（編集）
03-3230-6393（販売）
03-3230-6080（読者係）
印 刷 図書印刷株式会社
製 本 図書印刷株式会社

フォーマットデザイン アリヤマデザインストア
マークデザイン 居山浩二

ISBN978-4-08-746425-2 C0193